히말라야는
나이를 묻지 않는다

히말라야는 나이를 묻지 않는다

1판 1쇄 발행 2015년 4월 17일
2판 1쇄 발행 2017년 9월 18일

지은이 이상배
펴낸이 강수걸
기획실장 이수현
편집장 권경옥
편집 정선재 윤은미 박하늘바다 김향남
디자인 권문경 조은비
펴낸곳 산지니
등록 2005년 2월 7일 제333-3370000251002005000001호
주소 부산시 해운대구 수영강변대로 140 BCC 613호
전화 051-504-7070 | 팩스 051-507-7543
홈페이지 www.sanzinibook.com
전자우편 sanzini@sanzinibook.com
블로그 http://sanzinibook.tistory.com

ISBN 978-89-6545-441-0 03810

에베레스트 삼수생
늦깎이 산악인의 히말라야 이야기

히말라야는
나이를 묻지 않는다

이상배 지음

산지니

자기는 손금도 마운틴의 M자라는 이 산 사나이

엄홍길(산악인)

이상배 씨는 억센 경상도 사투리로 "내는 손금도 M자, 마운틴의 첫 글자"라고 말하고 다니는 산 사나이다. 사람은 자기가 보고 싶은 것을 보는 법이다. 이 대장은 그렇게 자신의 손바닥에서도 M자를 찾아내 산꾼 인생을 살고자 하는 열정을 태워온 사람이다.

그런 이 대장이 마흔셋이란 나이가 되어서야 알피니즘을 구현하는 대상으로서의 산을 만나게 된 것은 아쉽다. 그가 좀 더 이른 나이에 산을 만났더라면 어쩌면 한 손가락 안에 꼽히는 8,000m 14좌 완등자가 되었을지도 모르는 일이다. 육순을 넘긴 지금에 이르러서도 그가 드러내는 등반 열정을 보면 그런 안타까움을 떨치기 어렵다.

한국 산악인들의 조로(早老) 현상은 일찍이 한국 산악계의 고질병이었다. 10대 후반~20대 초반에 암벽을 시작해 20대 후반~30대 초반에 걸쳐 열정을 불살랐다가 40대에 들면 약속이라도 한 듯 암벽과 산에서 일단 한 걸음 물러서는 것이 마치 전통이 되다시피 했다. 이상배 대장은 한국 산악계의 이와 같은 타성과 한계를 극복하고 40대 초반부터 등반을 시작해 초오유(8,201m), 아콩카구아(6,959m), 가셔브룸2봉(8,035m), 로체(8,516m), 아마다블람

(6,812m), 메라피크 중앙봉(6,461m), 그리고 2007년엔 세계 최고봉 에베레스트(8,850m)를 올랐다. 거의 2~3년마다 한 번씩 열정적으로 고봉을 올랐으니, 그런 이 대장이 만약 20대 초부터 등반을 시작했더라면 한국 산악사에 길이 남을 획기적 기록을 수립했을지도 모른다.

그의 기록이 실로 놀라운 이유는, 한쪽 다리가 불편한 장애를 무릅쓰고 이룩한 것이기 때문이다. 그는 패러글라이딩을 하다가 추락하여 척추가 내려앉았으며, 한쪽 다리를 잘라야 한다는 진단이 나올 정도의 극심한 골절상을 입었으나 인공 철심을 박고 재활했다. 그러나 철심을 박은 한쪽 다리는 가늘어진 상태로 끝내 원상회복되지 못했다고 한다. 그런 다리로 그는 남보다 일찍 일어나 움직이고, 남보다 늦게까지 걷는 노력으로 8,000m 봉우리를 등정한 것이다.

나 또한 안나푸르나에서 발끝이 뒤로 돌아가는 중상을 입었다. 그 발이 끝내 회복되지 않아 그 후 여러 등반에서 심한 고생을 했는데, 그 고통은 겪어보지 않은 사람이라면 짐작하기 어려울 것이다. 이런 어려움과 고통을 딛고 60대에 들어서도 등반을 꾸준히 이어가는 이 대장에게 박수를 보내지 않을 수 없다.

이 책의 제목 '히말라야는 나이를 묻지 않는다'는 참으로 이 대장의 산에 대한 열정적 태도를 그대로 드러낸다는 점에서 절묘하다. '나는 내 나이를 의식하지 않고 내가 할 수 있는 한의 최선을 다해 등반을 이어가겠다'는 그의 의지가 고스란히 녹아 있는 제목이다.

산악인 이상배의 앞날에 히말라야 여신의 무궁한 축복을 보낸다.

은빛 꿈의 알피니스트

김성호(前 법무부 장관)

10여 년 전, 곧 공직자로서 사회에 첫 발걸음을 내디디게 될 맏이에게 '치열하면서도 풋풋한 인생이기를!'이라는 제목을 붙여 편지한 통을 써서 보냈습니다. 그 편지에는 그때 새로운 출발점에서 주먹을 불끈 쥐고 의욕을 불태우고 있을 맏이에게, 아비인 나의 소망을 크게 네 개의 단원으로 나누어 담았습니다.

첫째는 모든 것의 중심에 인간을 두라는 것이고, 둘째는 열정적으로 살라는 것이며, 셋째는 항상 떳떳한 처신을 하라는 것이고, 마지막 넷째는 가족에 대한 책무였습니다. 특히 둘째 소망인 열정적으로 살라는 단원에서 공직자의 요건은 'MAP', 즉 도덕성(Morality)과 능력(Ability)과 열정(Passion)이라고 했습니다. 그중에서도 열정은 조직의 성패는 물론 개인의 성공을 좌우하는 절대적인 요소라고 강조하면서 '열정적으로 산다는 것'은 한 가지 목표를 향해 '미친다'라는 뜻이라고 비유적 풀이도 해줬습니다. 열정적인 사람들은 휘둘리지 않는 프로정신과 긍정적 사고와 책임을 중요시한다고 했습니다.

그런 삶을 살아온 사람이 바로 알피니스트 이상배 씨입니다. 덥수룩한 구레나룻은 은빛으로 빛나고, 덩치는 다부지게 생겨 마치 히말라야 야크처럼 보이는 내공이 강한 60대 남자입니다. 그와는 오래 익은 인연은 아닙니다. 지난 3월, 저는 서울 노보텔 앰배서더 강남 2층 샴페인홀에서 그와 처음 만났습니다. 제가 이사장으로 있는 재단법인 행복세상에서 2015년 새해 들어 첫 번째로 기획한 행복포럼에 그가 발걸음을 해준 것이 우리들 인연의 시작이었습니다.

그 첫 만남의 인연에서 저는 그의 열정을 읽어냈습니다. 행사 시작 전의 여유 시간을 틈타 그가 내게 큰 발걸음으로 성큼성큼 다가왔습니다.

"제가 책을 한 권 썼습니다. 이사장님, 감히 추천사 좀 부탁드립니다."

간단한 인사 끝에 대뜸 하는 말이 그랬습니다. 그러면서 내민 것이 『히말라야는 나이를 묻지 않는다』라는 제목의 책 원고였습니다. 첫 만남에서의 뜬금없는 부탁이었으니 언뜻 황당한 느낌을 받기는 했지만, 곧 저는 생각을 달리했습니다. 선뜻 다가서는 그 용기를 가상하게 봤습니다.

원고를 받아들었고, 그리고 틈틈이 읽어봤습니다. 내가 맏이에게 전해줬던 편지에서도 그랬듯, 꿈과 희망 그리고 도전이 책의 전편에 흐르고 있었습니다. 끊임없이 쌓이는 눈 속을 헤치며 걸어야 했고, 산소가 희박한 공기 속에서 엄습하는 추위에 시달려야 했고, 절벽 위로 만들어진 가파른 길은 기어서 올라야 했다면서, 마치 학생의 신분인 양 히말라야에서 정말 인생 공부를 톡톡히 하고 왔다고 했습니다. 그동안 신들린 사람처럼 산을 헤매고 다녔다고 했습니다. 그는 히말라야 산맥 구석구석에 흔적을 남기면서 「내 나이가 어때서」라는 우리 대중가요를 입에 달고 다닌다 싶을 정도로 많이 불렀다는데, 나이에 연연하지 않으면서 마음이 가는대로 거침없이 사는 그의 휴머니스트적 본성을 엿볼 수 있는 대목이기도 합니다.

지난 20년간 세계의 지붕이라는 히말라야를 끊임없이 찾았고, 세계 최고봉인 에베레스트까지 등정했음에도, 그는 '내 마음속의 히말라야'라며 늘 마음속에 품고 있던 꿈이 따로 있다고 했습니다. 동계 등반, 한국 초등, 그리고 세계 초등 그렇게 셋이었는데, 동계 등반은 '어머니의 목걸이'라고 하는 아마다블람(6,856m) 등정으로 이루었고, 한국 초등은 '얼음 창고'라 부르는 투명하게 빛나는 히무룽(7,126m) 등정으로 이루었고, 세계 초등은 '붉은 바위 봉우리'라 부르는 드락마르포리(6,185m) 등정 성공으로 이뤘다고 했습니다. 책에는 그 등정의 기록들이 현장감 있게 담겨 있었습니다.

히말라야라고 하는 큰 산에서 배운 노하우를 가지고 돌아온 이상배. 그는 '노란 손수건'이라는 청소년 선도 프로그램 힐링캠프를 운영하면서 호기심 천국인 청소년들에게 자기 안에 잠들어 있는 가능성을 찬란하게 꽃피워주기 위해 노력하고 있다고 합니다.

은빛 꿈의 알피니스트요, 휴머니스트인 이상배 씨의 글을 읽으면서 인간난로 같은 따스함을 보았습니다. 그의 앞날에 신의 은총이 있기를 기원합니다.

지구상에서 가장 강력한 상징물이라고 한다면 아무래도 불가능을 가능으로 만들어주는 히말라야라는 큰 산일 것이다.

사람보다 신(神)이 많다는 그 영역에 다가갔을 때 내 존재는 너무도 작아 보였다. 여인을 사랑하는 데 조건이 없듯, 무작정 산이 좋아서 1990년에 요세미티 암벽등반에 덤벼들었다가 충격을 받았고, 1996년에는 히말라야 고봉 초오유(8,201m)와 인상적인 첫 만남을 가짐으로써 나를 산에 더 미치게 만들었다. 꿈에 그리던 히말라야를 한 번만 갔다 오겠다고 한 것이 고봉등정의 희열감으로 이어지는 과정 속에서 내 역마살의 등산 인생이 계속해서 이어지게 되었다.

삶과 죽음이 공존하는 그곳을 들락날락하다가 깨지고 얻어터지고 상처도 많이 받았다. 때론 모든 것을 포기하고 싶었지만 당당하게 버티고 끝까지 최선을 다했다. 결과는 아직도 내가 살아 있다는 사실이다. '먼 훗날 인생을 뒤돌아볼 때, 하지도 않았던 일을 후회하기보다는 했던 일을 후회하고 싶다.'던 조지 링컨의 말을 기억하고 있었다.

야크처럼 천천히 걸어가며 한 봉우리씩 오를 때마다 아무도 느끼지 못하는 성취감에 도취되기도 했다. 굶주림과 체력이 고갈되어 얼음절벽으로 떨어졌다가 홀어머니께 아들 먼저 떠난다는 마지막 하직인사까지 드리면서 한없이 울었다. 저승 문턱에까지 가서 얼굴 없는 저승사자도 만나고 왔다.

이렇게 나는 살아 돌아올 수 없는 곳에서 기적적으로 생환했다. 8,000m 이상에서 실종된다는 것은 사실상 죽은 것이나 다름없었다. 그런데 나는 살아서 돌아온 것이다. 내가 생각해도 살아 돌아왔나는 사실이 믿기지 않는다.

히말라야 원정대는 아무나 만들 수 있을 것 같지만 결코 쉬운 일은 아니었다. 진정 얻어야 할 것은 고작 하나뿐인데 버려야 할 것은 많다. 원정 길에 오를 때마다 책임감 때문에 몸과 마음이 무거워진다. 그래서 대장은 늘 외롭고 고독하다는 이야기를 내뱉는다.

사회생활을 하다 보면 의미 있는 인간관계(meaningful relationship)만큼 중요한 것도 없을 것이다. 타인에게 도움도 줄 수 있고 받을 수도 있는 일이 다반사 아닌가. 평소에 주고받는(Give & Take) 정신으로 인간관계를 잘 만들어놓아야 힘든 원정에서 돌아왔을 때 상처받는 일도 적을 것이고 사회생활하는 데 원만해진다.

나는 그동안 깨달음의 땅인 히말라야 원정을 통해 정신의 견고함과 영혼이 맑아지는 경험을 얻었다. 무엇이든지 할 수 있다는 자신감도 배웠으며 어떤 어려움이 있더라도 결코 포기하지 않겠다는 인생의 노하우도 터득했다.

히말라야로 가는 길은 언제나 모험과 탐험 같은 고통스러운 길이었다. 끊임없이 쌓이는 눈 속을 헤치며 걸어야 했고, 산소가 희박한 공기 속에서 엄습하는 추위에 시달려야 했다. 절벽 위로 만들어진 가파른 길은 기어서 올라야 했다. 하지만 히말라야라는 위대한 스승을 통해 학생의 신분으로 많은 것을 배웠다. 정말 인생 공부 톡톡히 하고 왔다.

히말라야와 그곳 사람들에게 배우고 경험한 것을 돌아와서는 지역사람들에게 가르치고 청소년들에게 선도프로그램을 통해 교육하며 활동하고 있다. 특히 청소년 선도프로그램인 '노란 손수건'은 용서와 기다림을 뜻하는 교육 프로그램으로서 호기심 많은 청소년들에게 산악 힐링캠프 활동이 정말 좋은 효과를 보고 있다고 자부한다. 경험처럼 좋은 기술은 없다고 했다. 수십 년 다녔던 히말라야 그곳에서 나는 많은 것을 경험하고 깨우쳤다.

미국의 사상가 에머슨은 '역사에 기록된 모든 성취는 열정의 승리다.', '열정 없이 이루어진 위대한 일은 없다.'라는 말을 했다. 열정은 내 안의 신(神)이라고 한다. 그동안 나는 신들린 사람처럼 산을 헤메고 다녔다. 천방지축으로 뛰어다닌 나를 묵묵히 지원해주고, 아직도 뒷바라지하면서 힘들었을 텐데 도망가지 않고 지금까지 살아준 아내가 내게는 최고의 후원자이기도 히다. 살아 돌아온 시금, 아내에게 늘 미안함을 지울 수 없다.

　늦깎이 고산 등반가인 나는 산악활동처럼 인간의 휴머니즘과 활기찬 능력을 발휘할 수 있는 일은 흔치 않다고 생각한다. 문명에서 찌든 때가, 더러움을 타지 않는 높은 산에서 말끔히 사라지는 것을 느낄 수 있었다. 원정을 떠날 때마다 메모해둔 일기장이 한 권의 책으로 나오는 데 도움주신 분들이 있다. 원고정리를 맡아주신 이창우 선생님과 번역을 도와주신 김미현 선생님, 그리고 산지니 출판사 강수걸 사장님께도 진심으로 감사를 드린다.

2017년 8월

차례

1장

에베레스트 삼수생 늦깎이 산악인

2장

내 인생의 히말라야

1장

에베레스트 삼수생 늦깎이 산악인

요세미티에서 꿈을 꾸다

청춘이란 인생의 한때가 아니다. 마음가짐이다.

-사무엘 울만

지방공무원 생활을 하면서 틈틈이 산에 오르는 게 그저 취미였던 나 이상배는 말하자면 늦깎이 산악인이다. 이런 나를 알피니스트라 부르는 산악인의 길로 접어들게 만든 것은 미국의 네바다 주에 있는 국립공원 요세미티 암벽등반이었다. 요세미티는 해발 1,000m가 넘는 깎아지른 수직 암벽으로 유명한, 그야말로 암벽등반가들의 천국이다. 암벽등반의 모든 기술을 구사하며 수직 벽을 오르다가 해가 지면 포타릿지(potaledge, 허공 침대)를 암벽에 매달고 비박하면서 며칠에 걸쳐 오르는 곳이다. 나는 이곳 요세미티 100주년 암벽등반에 참여하면서 그동안 국내 등반과는 다른 커다란 등반의 세계를 맛보았다.

장엄하고 숭고하기까지 한 거대한 자연 대상물을 대하면 누구나 거기에 압도되어 작아진다. 게다가 난공불락처럼 보이는 까마득한 초대형 화강암 수직 암벽 엘 캐피탄(El Capitan) 노즈 코스를 오르면서, 산을 타는 행위가 단지 자연과의 싸움을 넘어서 자신과의 싸움이라는 것을 깨닫는다. 나는 클라이머(등반가)의 천국이라 부르는 요세미티를 경험하면서 충격을 받았고, 내가 그동안 얼마나 작은 세상에 갇혀 있었는지 깨닫게 되었다. 나는 결심했다. 이제는 산을 제대로 배워야겠다고. 국내에서 그동안 해왔던 산악 등반이라는 게 거의 아마추어 수준에 지나지 않았던 것이다. 요세미티 암벽 등반뿐만 아니라 세계의 산을 오르려면 훈련도 체계적으로 해야겠다고 생각했다. 아울러 해외 등반을 위해서는 언어 장벽도 넘어야 한다는 것을 절실하게 느꼈다.

미국의 요세미티를 보고 난 후, 나는 내 안에 잠들었던 욕망의 실체가 무엇인지 점차 명확하게 깨달았다. 나는 쳇바퀴 도는 듯한 평범한 공무원 생활이 갑작스레 지루하게 느껴졌고, 이렇게 현실과 타협하면서 내 인생을 평범하게 보내고 싶지 않아졌다. 프로스트의 시 「가지 않은 길(The road not taken)」의 한 구절처럼 "풀이 더 우거지고 사람 걸은 자취가 적은 길"의 유혹이 강하게 나를 사로잡고 있었다. 비록 나중에 언젠가 '가지 않은 길'에 대한 회한을 토로하더라도 내 안에 잠든 어떤 거인을 끄집어내지도 못한 채 눈감고 싶지 않았다. 내 안에서 점점 커지는 그것은 바로 인간의 손길을 거부하는 신의 창조물, 히말라야였다. 주체하기 힘든 동경이 밀물처럼 밀려와 나를 가득 채웠다. 남은 것은 결단이었다. 히말라야로 가기 위한 크나큰 결단.

탄탄한 직장생활을 유지하면서 히말라야 등반을 준비할 수는 없었다. 고산 등반을 하려면 많은 시간과 강한 체력이 뒷받침되어야 하고 설벽과 암릉을 번갈아 오르는 살아남기 위한 등반의 참다운 기술을 익혀야 한다. 그리고 무엇보다 직장생활을 유지하고 있는 한, 히말라야 등반은 멀고 먼 꿈으로 묻힐 뿐 구체적이고 현실적인 계획으로 포착되지 않을 것 같았다. 요세미티 등반 이후로도 몇 년은 더 공무원 생활을 하며 아마추어 산악인으로 지냈지만 내 의식에서나 무의식에서조차 한시도 히말라야를 내려놓을 수 없었다.

결국 두 마리 토끼를 다 잡을 수 없었다. 산악인의 길을 포기하거나 공무원 생활을 포기하거나 둘 중에 하나는 버려야 했다. 나는 꿈을 이루기 위해 직장을 포기하기로 결정했다. 아니 산악인이라는 거칠지만 새로운 길, 새로운 일을 선택한 것이다. 2년만 더 다니면 연금을 받을 수 있었으나 나는 과감히 사표를 쓰고 나왔다. 물론 쉬운 결단이 아니었다. 요세미티 이후로도 몇 년을 더 고민했을 정도로 하루아침에 내 결단이 이루어진 것은 아니었다. 안정된 직장 생활을 정리하고도 처와 자식을 먹여 살려야 하는 가장의 역할을 감당할 수 있어야 했다. 내가 히말라야를 꿈꾼다고 가족 모두를 희생시킬 수는 없는 노릇이니까. 다행히 나는 사무직 종사원이 아니라 자격증을 갖고 있는 '엔지니어'였다. 그래서 몸으로 하는 어떤 일이든 자신이 있었다.

나는 불안해하는 가족들에게 "어떻게든 먹여 살린다. 걱정하지 말라."고 큰소리쳐놓고 공직생활을 정리했다. 그럼에도 불구하고 가족들이 내 말을 이해하기는 어려웠을 것이다. 가장이 안정적인 소득을 가져다주는 멀쩡한 직장을 포기한다니까 미래가 불투명해진 것이다. 심지어 히말라야라니? 사람의 목숨을 앗아갈지도 모르는 고산 등반 아닌가? 무책임하다고 주변으로부터 감당하기 힘든 욕도 많이 얻어먹었다. 그러나 내가 행복하지 않다면 내가 사랑하는 이들과 더불어 행복할 수 있을까 반문해보니 답이 쉽게 나왔다.

사무엘 울만은 청춘을 일컬어 안일한 삶 너머의 모험을 향해 두려움을 이겨내는 용기가 지배하는 시기라고 말하며, 나이 때문에 늙는 것이 아니라 꿈의 단절이 우리를 늙게 만든다고 했다.

북미 최고봉 멕킨리 등반 중

나 자신에게 투자한다는 것

사람들은 나더러 미쳤다고 했다. 제대로 된 인간으로 봐주질 않았다. '히말라야의 꿈 때문에 멀쩡한 직장까지 때려치우다니?' 하며 돈키호테처럼 괴짜 같은 놈이라고 했다. 그러나 나는 돈키호테라도 상관이 없었다. 아니 나는 차라리 라만차의 기사 돈키호테가 되고 싶었는지도 모른다.

"이룰 수 없는 꿈을 꾸고, 이길 수 없는 적과 싸우며, 이룰 수 없는 사랑을 하고, 견딜 수 없는 고통을 견디고, 잡을 수 없는 저 하늘의 별도 잡자"던 돈키호테는 인간이 꿈꾸는 자유의 표상이다. 돈키호테의 낭만주의는 현대인이 잃어버린 꿈을 일깨우는 근원적인 힘이다. 나는 인간을 참으로 가치 있게 만드는 무언가를 찾고 싶었던 것이다. 어차피 인간의 삶이 유한한 것이라면 내가 모르는 미지의 세계를 탐험하며 나를 더욱 확장시키고 싶었다. 모험의 세계는 가보지 않은 미지의 세계이기 때문에 두렵다. 그러나 나는 대자연이 품고 있는 그 미지의 세계를 탐험해보고 싶은 강한 유혹에 이끌렸고, 그 속에서 내 삶의 의미를 찾고 싶었다. 더 많은 부를 움켜쥐는 것이 인생의 목표가 될 수는 없었다. 지금보다 더 안락한 삶을 추구하는 것도 내 일은 아니었다. 나는 미지의 세계를 개척해나가는 모험가이고 싶었고, 그것을 위해 그 무엇도 아닌 바로 나 자신에게 투자하고 싶었다.

나를 위한 투자, 이 결정은 '딴지일보'와 '나꼼수'라는 팟캐스트로 유명한 김어준이 유럽을 여행할 때 남은 돈을 다 털어 '휴고 보스' 양복을 사 입었던 일화와 비슷한 점이 있다. 김어준의 이야기를 잠시 옮겨보면 그는 거리를 걷다가 우연히 '휴고 보스' 매장에서 마음에 꼭 드는 양복을 보고는 가격을 물어보았다고 한다. 점원은 김어준에게 남아 있는 일 주일치의 숙식비에 해당하는 가격을 불렀다. 그는 당장 일시불로 보스 양복을 사고 싶은 욕구에 이를 투자할 것인지, 아니면 '현재'의 욕망을 접고 그냥 일 주일치의 식량과 숙소에 장기 투자할 것인지를 고민했다. 비교하기 어려운 문제였지만 그는 '현재를 살자'는 철학을 갖고 있는 사람답게 일단 질러버렸다고 한다.

덕분에 양복을 입긴 했지만 그는 빈털터리가 되었다. 당장 밤을 새울 곳이 없어 휴고 보스 양복을 입은 노숙자가 될지도 모를 일이었다. 그러나 그는 휴고 보스 양복을 입고 게스트하우스로 가서 주인에게 말했다. "내가 여행객 두 사람을 모객해 올 테니 하루를 재워달라"고 제안한 것이다. 주인은 방을 비워두기보다 그렇게 하는 게 이익이므로 그 제안을 받았다. 김어준은 공항으로 달려가 여행객들에게 그 게스트하우스를 소개하며 손님을 모았다.

그는 자신이 있었다. 왜냐하면 그는 '휴고 보스'를 입고 있었기 때문. 그는 어렵지 않게 두 사람을 데리고 왔고, 다음에는 더 많은 여행객을 데리고 오는 대가로 주인에게 수당을 요구했다. 주인은 그게 훨씬 이득이므로 이 '휴고 보스를 입은' 유능한 모객꾼을 채용하였다. 이렇게 돈을 모은 김어준은 이제 아예 게스트하우스를 임대해 직접 운영했고, 휴고 보스 양복을 사는 데 들어간 돈보다 훨씬 많은 돈을 벌어들일 수 있었다.

우리는 이런 이야기에서 영감을 얻게 된다. 내일을 위해 오늘을 포기하는 것이 과연 현명한 일일까? 가족을 해외에 보내놓고 돈을 벌어 송금하는 기러기 아빠들은 미래를 위해 오늘을 저당 잡힌 대표적 이들이다. 과연 이들은 '미래'에 더 행복해질 수 있을까? 나는 미래를 위해 오늘 붙잡을 수 있는 행복을 양보하는 것이 옳다고 보지 않는다. 어떤 어부가 죽어라 고기를 잡아 돈을 벌어들이는데 그에게 꿈을 물어 보니 노후에 어느 호젓한 해변에서 요트를 몰며 낚시질 하는 것이라고 했다. 그는 이미 그렇게 살 수 있는 사람인데도 그 행복을 노후로 미루어놓은 것이다. 오늘 행복해야 내일은 더 충만해질 수 있다.

▲▲▲

공직 생활을 접은 후 나는 히말라야에 대한 원정보고서도 많이 읽어보고 전문서적도 구입해서 번역을 해가며 공부를 했다.

히말라야 안나푸르나 봉 최초의 8,000m를 오른 프랑스의 모리스 에르족이나 세계 최초로 8,000m 14개봉 완등을 이룩한 이탈리아 등반가 라인홀트 메스너가 쓴 책을 비롯해 그린랜드를 종단하고 북극해 12,000km를 개썰매로 횡단한 우에무라 나오미의 탐험기를 탐독했다. 세계적인 탐험가들이 던지는 메시지는 강렬하게 나를 유혹했다.

"등산가는 배꾼이나 시인처럼 선천적인 것이다. 만약 등산가가 될 팔자를 타고 났다면 언젠가는 어쩔 수 없는 힘으로 산에 끌려가리라."(리카르도 카신)

"등산은 길이 끝나는 데서부터 시작된다."(알랑 드 샤뗄리우스)

극한의 상황에서 몸으로 써내려간 그들의 한마디 한마디가 내겐 명언처럼 느껴졌다. 문제투성이인 돈키호테의 모험은 이렇게 시작되었다.

첫 히말라야 초오유 봉

경험은 최고의 교육자다. 단 수업료가 비싸다.

-토마스 칼라일

나의 첫 히말라야는 청록의 여신이라고 불리는 8,201m 초오유 봉이었다. 그 당시 나는 무명이었다. 산악인들은 이싱배라는 늦깎이 등반가를 아무도 몰랐다. 스폰서를 구하기 위해 발이 닳도록 뛰었고, 내가 소속된 산악회를 중심으로 등반대원을 모았다. 나에겐 첫 해외 원정이었고 나는 모든 책임을 져야 하는 원정대장이었다. 그것은 내가 자원한 것이었다. 무명인 늦깎이 산악인을 히말라야에 데려갈 사람이 아무도 없었으니 내가 나를 데려간 것이다.

주변에서 이런 나를 우습게 바라봤을지도 모르겠으나 나에겐 그만큼 절실한 것이었다. 원정 비용을 만드는 것부터 초오유 등정까지 모두 내 손을 거치지 않은 것이 없었다. 마흔세 살의 늦깎이 '고3 등반인'인 나에게 그 첫 원정은 무조건 성공해야 하는 절박한 것이었다. 나는 초오유를 위해 수백 번의 산악훈련을 했고, 인도어 클라이밍(In-door climbing)을 통해 모든 준비를 마쳤다. 물론 8,000m급 고산 등반은 인간의 의지만으로 되는 것은 아니다. 아무리 철저한 준비를 했다고 하더라도 산이 허락하지 않으면 오를 수 없다. 나는 당시 히말라야 원정이 처음이자 마지막이라고 생각했고 가족들에게도 딱 한 번만 다녀오겠다고 다짐하고 떠났다.

신의 가호가 있었기 때문이었을까? 나는 첫 원정을 보란 듯이 성공시켰다. 청록의 여신 초오유에 오른 덕분에 그 후로도 또 새로운 스폰서를 구할 수 있었으며, 에베레스트를 비롯해 남미 최고봉인 아콩카구아, 아프리카 대륙의 최고봉인 킬리만자로 등 세계 5대륙의 최고봉에 오르게 되었고 매년 히말라야 원정길에 오르는 운명이 되었다.

좌로부터 에베레스트 최다 등정자 아파 셰르파, 세 번째가 세계적인 산악 영웅 라인홀트 메스너, 다섯 번째가 필자, 여섯 번째가 네팔산악연맹 회장 앙체린

주변에서는 나를 전문 산악인이라고 하지만 나는 아직도 내가 전문 산악인이 맞는지 끊임없이 되묻는다. 물론 세계 최고봉이라는 에베레스트(8,850m)를 비롯해 1996년 초오유(8,201m), 1997년 아콩카구아(6,959m), 1999년 가셔브룸2봉(8,035m), 2002년 로체(8,516m), 2004년 아마다블람(6,812m), 2005년 메라피크 중앙봉(6,461m) 등을 올라 다른 이들로부터 전문 산악인으로 불리기는 한다. 하지만 산을 오를 때마다 항상 나는 산을 배우는 학생의 입장이 된다.

　'당신은 왜 산에 가느냐'고 누군가는 묻는다. 어느 유명한 산악인은 산이 거기 있으니깐 간다고 대답했다. 나는 산이 좋아서 간다. 다른 특별한 이유가 없다. 그저 좋아서 간다. 사랑하는 데 조건이 없듯이 산을 좋아하는 데 아무런 조건이 없다. 산에 오른다는 것은 아무런 대가를 기대하지 않는 무상의 행위다. 그런데도 산에 오르면 미처 내가 생각하지 못한 것을 경험하곤 한다. 특히 히말라야는 광막한 우주를 몸으로 받아들이는 것과 같은 체험이다. 압도적인 자연이 나를 한없이 겸손하게 만드는 것이다. 나를 겸손한 인간으로 만드는 산, 내가 사랑하는 산은 나를 참다운 인간으로 고양시키는 것이다. 라인홀트 메스너의 말처럼 "나는 산을 정복하려고 온 게 아니다. 또 영웅이 되어 돌아가기 위해서도 아니다. 나는 두려움을 통해서 이 세계를 알고 싶고 또 새롭게 느끼고 싶다." 그런 의미에서 나는 산을 통해 배우는 영원한 학생이다.

늦깎이 장애인 등반가

나는 후천적 장애인이다. 지금도 한쪽 다리에는 철심을 박은 상태로 다닌다. 그 다리는 하마터면 잘릴 뻔했다. 히말라야를 꿈꾸던 시절, 꼭 등산이 아니어도 산을 무대로 한 스포츠는 다 해보고 싶었다. 항공스포츠인 패러글라이딩도 나를 유혹하는 종목이었다. 특별히 의식하지는 않았지만 일종의 '하이브리드 스포츠'의 개척자가 될 운명이었던 것이다. 걸어서 산에 오르고 날아서 내려오는 산악 패러글라이딩은 또 다른 모험의 세계였기 때문이다. 지구의 중력으로부터 벗어나 마음껏 창공을 날아보려는 인류의 오랜 꿈이 내 유전자에 깊이 각인되어 있는 동시에, 미지의 영역으로 나를 밀어가는 아드레날린의 힘이 내 속에서 끊임없이 분출되고 있었다. 그런데 이 패러글라이딩 덕분에 나는 히말라야에 가보지도 못하고 나의 존재 이유였던 등산마저 접을 뻔했다.

바람이 많이 불던 날, 억지로 패러글라이더를 띄웠다가 공중에서 날개가 휘말려 추락하는 치명적 사고를 당한 것이다. 다리는 함몰되었고 뼈의 관절이 가루가 되어버렸다. 척추도 내려앉아 합판을 대고 부산 침례병원으로 긴급 후송되었는데 의사는 다리를 잘라야 한다고 했다. 이제 모든 스포츠는 불가능하다고 했다. 자연 앞에 무모하게 덤빈 혹독한 대가였다. 그러나 나는 다리를 잃을 수 없었다. 병원 측에서 다리를 절단해야 한다고 몇 번이고 강조했지만 그것은 내 모든 것을 잃는 것이었다. 환자가 의사의 말을 듣지 않는다는 건 흔한 일이 아니었겠지만 나는 다리를 절단할 수밖에 없다는 충격적인 의사의 진단을 도무지 받아들일 수가 없었다. 차라리 죽으면 죽었지 한쪽 다리 없이 살아갈 수는 없었다. 며칠 동안 의사들과 신경전을 벌인 끝에 나중에 문제가 생기면 책임질 수 없다는 서약까지 하고 집중 치료를 받았다. 다행히 상태가 호전되어 인공 철심을 박은 상태지만 다리를 구할 수 있었다. 이를 악물고 버틴 결과다.

그래서 나는 사실 장애자다. 다리를 보면 부상을 당해 철심을 박은 한쪽 다리가 가늘다. 그런데 그 다리로 히말라야 8,000m에 올랐다. 성한 몸이 아니다 보니 정상 가까이에서 다리 마비 증세가 왔다. 그래서 나는 다른 사람들보다 일찍 움직여야 했고, 다른 사람들 보다 늦게까지 걸어야 했다. 이렇게 후천적 장애인에다 무명인 내가 히말라야를 다녀오니 등산 잡지에서 나에 대한 글을 싣기 시작했다. '장애를 딛고 히말라야를 등정한 의지의 산악인…' 뭐 이런 식인데 쑥스럽기도 했지만 나의 이야기가 다른 이들로 하여금 꿈을 꾸게 만든다는 것이 좋았다.

그렇다. 사람은 꿈을 꾸기 때문에 다른 어떤 동물과도 다른 능력을 보여준다. 꿈을 꾸기 때문에 인간은 신의 영역까지 넘볼 수 있게 된 것이다. 만약 나에게 산을 향한 꿈이 없었다면 나는 의사의 말처럼 다리를 절단했을지 모른다. 더 이상 어떤 스포츠도 불가능하다는 의사의 말을 부정하고 그것을 뛰어넘을 수 있었던 것은 내 속에서 활활 타오르는 꿈이 있었기 때문이다. 그리고 그 꿈은 기어이 나를 세계의 지붕 히말라야로 데려다 놓았고, 에베레스트 정상에 나를 세웠다. 그것이 '인간이 꾸는 꿈의 힘'인 것이다.

이렇게 늦깎이 장애인 등반가가 1994년 코타 키나발루(4,101m) 등정을 시작으로 2007년 세계 최고봉 에베레스트(8,850m) 등정까지, 모두 15차례를 도전해서 11곳의 정상에 오르는 데 성공했다. 40대의 늦깎이에 시작한 짧은 고산 등반 경력 치고는 73%라는 등정율을 기록한 것이다. 한마디로 운이 좋았던 셈이고, 나이와 무관하게 내가 하고 싶은 꿈에 과감하게 도전한 결과였다.

장애는 나에게 시련이기도 했지만 나를 성숙시키는 계기이기도 했다. 나는 내 꿈의 산에 오르기 위해 장애를 이겨야만 했다. 장애를 이기는 과정에서 내가 더욱 단단해진 것도 의미가 없지는 않겠지만 나와 같은 장애를 가진 이들에 대한 연민과 공감의 능력을 갖게 된 게 더욱 소중한 것이었다. 그것은 내가 장애를 겪지 않았다면 얻지 못할 수도 있었다. 나는 나의 장애 덕분에 세상의 '그늘'을 보게 되었다. 가난의 그늘도 있고, 노인들이 겪는 나이의 그늘도 있다. 성소수자라는 그늘, 머나먼 타국에서 돈을 벌어 고향집으로 송금하는 외국인 노동자들이 겪는 차별의 그늘, 공부를 못한다고 구박받는 꼴찌들의 그늘, 비정규직 노동자들이 겪는 그늘 등 세상은 어찌 보면 그늘투성이다. 그늘을 가진 사람들은 타인의 아픔을 자신의 그늘에 비추어 공감할 수 있다. 양지만 좋은 사람이라면 전혀 느낄 수 없는 아픔을 그늘이 있는 사람들은 알 수가 있다. 그래서 그늘은 사람을 숙성시킨다. 싱싱한 배추가 소금에 절여 간이 배면서 숙성된 맛을 풍기듯 장애를 가진 이는 장애의 그늘이 배어들면서 인간적으로 숙성되는 것이다. 어찌 보면 정자나무가 넓게 그늘을 드리워 더위에 지친 사람들을 서늘하게 품어주듯이, 장애란 그늘은 인간에게 더 큰 공감과 연민의 정서를 갖게 해주고 더 넓고 따뜻하게 세상을 품게 만드는 힘인 것이다.

그늘이 없다면 양지가 있을까? 사람들이 누리는 양지의 가치는 그늘 때문에 더욱 밝게 빛나는 것이다. 양지는 그늘 덕을 보고 있는 것이다. 나뭇잎 사이로 반짝이는 햇빛도 나무 그늘이 있어 그 영롱함이 더욱 빛난다.

나는 내가 오른 산정의 수보다 내가 더 아래로 내려가 교감한 뭇 생명들과의 관계를 더 소중하게 여긴다. 역설적으로 들릴지 모르지만 장애의 몸으로 산을 오르면서 나의 사색과 성찰의 깊이는 더 깊어졌다. 나는 오르기도 했지만 그것은 더 깊이 내려오는 길이었던 것이다.

2장

내 인생의
히말라야

베이스캠프에서 바라본 초모랑마

시카체

히말라야는 위대한 스승

우주 비행사들이 지구 바깥에서 지구를 바라보면 히말라야가 지구를 받치고 있는 연꽃처럼 보인다고 한다. 연꽃은 불교를 상징하는 꽃이다. 아무리 더러운 곳에 있어도 맑은 본성을 간직한다는 처염상정(處染常淨)은 동시에 무명의 암흑 속에서도 밝은 깨달음을 이룬다는 뜻을 담고 있다. 오욕칠정으로 부대끼는 나에게 이 연꽃과 같이 늘 맑게 각성되어 있는 히말라야의 암시는 많은 것을 생각하게 만든다. 나는 암흑 속에서 인생의 참된 의미를 찾았는가?

히말라야는 나에게 '너는 누구냐?'라는 질문을 던진다. 세상의 가장 높은 곳에서 지구를 내려다보며 모든 것을 품어주는 히말라야가 나에게 던지는 질문이다.

"도대체 네가 각성한 것은 무엇이냐?"

나는 이 질문에 아직 명확한 답을 갖고 있지는 못하다. 내가 할 수 있는 유일한 대답은 '나는 아직 배우는 학생'이라는 것이다. 나는 산에 오를 때마다 늘 내가 작아지는 것을 느낀다. 나를 품고 있는 산이 나를 정상에 데려다주기도 하고 때로는 내치기도 한다. 내가 교만해질 때 산은 나를 매몰차게 내치고 내가 한없이 겸손해질 때 산은 나를 품어준다. 그렇기에 나는 히말라야라는 스승 앞에서 겸손해질 수밖에 없다. 나는 산을 배웠고, 산을 통해 삶을 배워왔으나 배우면 배울수록 내가 얼마나 무지한가를 깨닫는다. 내가 산을 통해 배운 것이라면 바로 이처럼 내가 '무지하다는 것을 아는' 정도였다. 그렇다! 히말라야 같이 압도적인 경배의 대상에게 내가 아는 것이라고는 단지 '나는 부족하고 무지하다는 것'뿐이라고 솔직히 고백해야 한다. 어찌 보면 아무것도 아닌 것 같지만 바로 이 '무지(無知)의 지(知)'는 델피 신전의 신탁에 적힌 말 '너 자신을 알라!(Gnoti Sauton!)'를 인용하며 소크라테스가 했던 경고이기도 하다. 우리가 감각적으로 알고 있는 것은 상대적인 지식에 불과하다는 말이다. 어찌 보면 내가 무지하다는 걸 자각할 때 비로소 진지하게 진리를 탐구하려는 자세를 가질 수 있다는 의미에서 나는 히말라야가 가르치는 바로 그 겸손이 내 인생의 최고의 가르침이라 여기지 않을 수 없다.

▲▲▲

지구의 연꽃 히말라야는 동시에 나에게 배운 게 있다면 가르치라고 말한다. 내가 어떤 우월적 지위에 있기 때문에 가르치는 게 아니라 내가 받은 은혜만큼 베풀어야 한다는 뜻이다. 연꽃은 꽃 속에 열매를 동시에 키우기 때문에 원인과 결과가 동시에 존재한다는 '인과동시(因果同時)'의 의미도 담고 있다. 원인과 결과가 시간 순서로 드러나는 것이 아니라 원인 속에 결과가 이미 담겨 있다는 의미다. 나는 배운다는 것과 가르친다는 것이 따로 분리될 수 없다고 생각한다. 그래서 내가 배운 대로 청소년들과 함께 활동하고 사회인들에게도 등산을 통한 삶을 가르친다. 그러면서 나는 이들을 가르치는 동시에 이들로부터 또 배우는 것이다. 아이는 어른의 아버지라는 윌리엄 워즈워드의 시구처럼 일방적인 훈육이란 있을 수 없다. 히말라야라는 원시적 자연을 그대로 간직하고 있는 지구의 유년 속에서 나는 그 태고의 순수함으로 머리와 마음을 깨끗이 씻는다. 배우지 않고는 가르칠 수 없으며 가르치는 과정 그 자체도 배우는 과정이다.

내가 히말라야에서 배운 것은 머리로 배운 것이 아니다. 몸으로 배운 것이다. 극한의 추위와 숨쉬기조차 어려운 고소(高所)의 산소 결핍, 그리고 완벽한 체력의 방전과 삶과 죽음의 경계에서 내 몸속 깊이 아로새겨진 것이다.

히말라야에 오르려면 고소 적응 과정을 거치지 않으면 안 된다. 고도를 높여가며 나와 산이 일치되어야 한다. 산에게 나를 따르라고 할 수는 없다. 내가 산에 적응해야 한다. 내 몸이 산에게 배우는 과정이다. 적응이란 시간을 요하는 것이다. 본격적인 등반의 출발점이 되는 베이스캠프까지 가는 길 자체도 오랜 시간을 거쳐 도달하게 되는 곳이다. 산은 '길의 철학'을 가르치는 스승이다. 산길은 고속도로와 다르다. 고속도로가 목적지에 가장 빨리 가기 위해 만든 길이라면 산길은 산이 만든 생김새를 그대로 새겨놓은 길이다. 도로가 목적을 위해 수단을 희생하는 것이라면, 길은 수단 그 자체도 목적의 일부로 간주된다. 베이스캠프로 가는 길을 산에 적응하는 길이다. 길에서 만난 것들 그 자체도 하나하나가 모두 의미를 갖고 있으며 소중한 것이다. 그렇다! 산은 산자락에서 정상까지 모두 산이다. 한 걸음 한 걸음이 쌓이지 않으면 정상에 도달할 수가 없다. 정상을 딛는 마지막 한 걸음만 의미가 있는 것이 아니라 산자락부터 시작된 한 걸음이 똑같은 의미가 있다. 산은 과정 하나하나를 소중히 여기는 자에게 자신의 품을 열어준다. 계곡을 흐르는 시냇물과 지리한 푸석바위의 너덜지대, 수직의 청빙지대 모두 산의 식구들이고 그 모두를 경외의 눈빛으로 대할 수 있을 때 비로소 산의 품에 안길 수 있는 것이다.

히말라야에서는 천천히 걷고, 천천히 먹고, 천천히 생각해야 한다. 자신의 체력을 과신하거나 자신의 이성을 과신해서는 안 된다. 오로지 오체투지하듯 겸손하게 자신을 낮추고 대지에 밀착시켜야 한다. 이렇게 산을 존중하면 내가 산이 된다. 청소년들과 함께 산에 오르다 보면 표지석에 함부로 걸터앉는 아이들이 있다. 나는 그 아이들에게 그러지 말라고 당부한다. 내 몸이 조금 편하자고 쉽게 군림하려 드는 태도로는 산을 배우지 못한다고 생각하기 때문이다. 산은 편하려고 가는 곳이 아니다. 그곳은 겸손과 인내를 배우는 곳이다. 불편과 결핍을 공손히 받아

고소캠프 등반 중인 모습

들이고 겸손과 인내가 몸에 가득 채워졌을 때, 산 정상에서 불어오는 바람을 맞으며 탁트인 세상을 바라본다면 그 감동이 더 클 것이다. 불편과 결핍은 신체를 긴장시키고 각성시킨다. 흐리멍텅한 잠에서 신경을 예민하게 일깨우는 것이 바로 결핍이 가진 힘이다. 산은 그렇게 사람을 조련하고 선물을 주는 곳이다.

어떤 이들에게 산은 마음을 정리하러 가는 곳이기도 하다. 그들에게 산은 헝클어진 삶을 리셋(reset)하는 곳이다. "너, 그렇게 살지 말라"고 산은 나지막히 얘기해주기도 한다. 그래서 사람(人)이 산(山)에 들면 신선(仙)이 된다. 산은 이렇듯 온갖 정기들이 모여 있는 곳이다.

산에 대한 나의 이런 태도 때문에 사람들은 나에게 궁금해하는 게 많다. 그러면 나는 그들에게 한 번뿐인 인생을 살면서 힘들더라도 히말라야 트레킹을 꼭 가보라고 권한다. 함께 트레킹을 하면서 내가 산에서 배웠던 것들을 그들이 느끼도록 돕는 것이다. 산은 말이 없다. 말 없는 가르침, 그것이 히말라야의 가르침이다. 어설픈 교사가 사람을 함부로 가르치려 든다. 물론 우리는 그 가르침을 통해 글을 익히고 셈법을 배우고, 지난 역사의 흔적도 알게 되었다. 그러나 더불어 다른 아이를 밟고 넘어서야만 성공한다는 경쟁 지상주의와 승자 독식과 같은 독소도 더불어 주입받았다. 과연 이것이 인간적 행복을 줄 수 있는 것인가? 나는 진정한 교육은 스스로 깨우치도록 만들어주는 것이라 생각한다.

거대한 대지의 지각판들이 서로 부딪히며 밀어올린 히말라야
는 제 스스로 만들어진 산이 아니다. 만물의 조화가 이루어놓은
결과물로 성층권까지 높이 솟아 있는 것이다. 그렇게 높아진 산
은 고독하다. 칼바람을 맞으며 날카로워진다. 그러나 그 맑고
투명한 높은 벼랑은 몬순의 바람을 막아 눈을 만들고 히말라야
자락의 풍부한 식생에 생명수를 공급해주는 것이다. 히말라야
는 지고한 경지에 이른 산정이 희박한 공기 속에서 얼마나 맑은
지 말 없이 보여준다. 인간 세계에서 높은 지위에 오른 권력자
들이 얼마나 탁한지 비교해보면 히말라야가 주는 가르침이 얼
마나 매서운지 알 수 있다. 산소가 충분하지 않아 생물이 살 수
없는 데드존까지 치솟아 스스로는 풀 한 포기 갖지 못했지만,
산자락까지 생명수를 공급해주는 일을 도맡으니 이 또한 인간
세계가 배워야 할 일이다.

히말라야는 위대한 스승이다.

왼발은 저승, 오른발은 이승

보통사람이라면 다시는 산을 쳐다보기도 싫다고 할지 모른다. 그러나 나는 나를 허락하지 않았던 산으로 다시 돌아갔다. 보통사람의 상식으로 이해가 안 될 수도 있다. 그러나 나의 신앙이고 나의 마지막을 지켜볼 연인이며, 내 존재의 이유 그 자체인 산으로 나는 돌아가지 않을 수 없었다.

그러나 말이 없는 히말라야는 냉정했다. 월드컵이 있던 2002년 로체 등반 때 엄홍길 대장과 등반 중에 잠시 마주했을 때의 일이다. 엄 대장은 월드컵 성공개최를 기원하며 동료들과 에베레스트에 왔었다. 우리는 아이스폴 빙탑 지대를 통과하고 있었다. 그런데 엄 대장이 지나가고 난 다음 내가 지나가는데 아이스폴 빙탑이 내 뒤에서 소리 없이 무너져 내린 것이다. 아이스폴 지대의 빙탑들은 빌딩 같은 규모의 거대한 얼음 기둥으로 끊임없이 움직이는데, 여기는 햇빛이 들어오기 전 이른 새벽에 통과해야만 한다. 해가 뜨면 얼음이 녹기 때문이다. 뒤따라온 노구치 켄 등반대는 중간에 가던 내가 안 보이니까 죽은 줄 알았다고 했다. 만약 2분만 늦었으면 나는 죽은 목숨이었다. 아이스폴이 소리 없이 내려앉으며 알루미늄으로 된 사다리 수십 개가 힘없이 망가졌다. 그래서 히말라야는 왼발이 저승이고 오른발이 이승이라고 한다. 히말라야와 같은 고산 등반에는 산악사고가 자주 일어난다. 사람의 실수도 있겠지만 예측할 수 없는 날씨 때문이다.

몬순(monsoon)이라는 단어는 계절을 뜻하는 아랍어 마우삼(mausam)에서 기원하는데 6월에서 9월까지 부는 해풍이 인도 아시아 대륙의 건조한 땅에 생명을 불어넣어 줄 비를 몰고 온다는 뜻이다. 5월이 되면 소말리아에서부터 아라비아 반도의 이란, 파키스탄 인도의 북서쪽까지 아라비아 해에 걸쳐 있는 척박하면서도 넓은 땅이 너무 뜨거워져 뜨거운 공기가 위로 올라가면서 거대한 저기압이 발달한다. 그러나 이 저기압은 아라비아 해까지는 뻗어가지 않는데, 이는 물이 땅보다 빨리 뜨거워지지 않기 때문이다.

이 열기의 차이가 몬순을 만들어낸다. 상대적으로 시원한 인도양 상공의 공기가 육지 위의 따뜻한 저기압 쪽으로 끌려 내려온다. 그래서 생긴 남서쪽의 몬순 바람이 바다로부터 수증기를 머금고 6월 초에 인도 반도에 어마어마한 비를 뿌린다. 몬순의 한쪽이 인도의 서쪽 해안에 비를 뿌려대고 벵갈 만을 건너 대륙에 걸쳐 있던 다른 한쪽은 동쪽 해안에 비를 뿌린다. 비를 뿌리며 내륙 쪽으로 이동하던 수증기를 머금은 바람은 곧 히말라야 동쪽 부분과 만난다. 가파른 산등성이를 따라 이동한 바람이

에베레스트 아이스폴 지대. 크레바스를 통과하는 모습

티베트의 비 그늘(산으로 막혀 강수량이 적은 지역) 속으로 흩어지기 전에 식으면서, 남아 있는 모든 수증기를 쏟아낸다. 바람이 산맥 때문에 서쪽으로 방향을 바꾸기도 하는데 이 때문에 7월이 되면 몬순이 히말라야 서쪽 너머로 확장되기도 한다. 히말라야 산맥이 없다면 몬순은 티베트로 별 무리 없이 들어가 아시아 대륙에 그렇게 많은 비를 쏟아내지 않을 것이다.

몬순 기간 동안 히말라야 지역에 항상 비가 내리는 건 아니다. 끊임없이 비가 오는 지역이 있는 반면, 소나기가 오락가락하지만 마법처럼 건조한 지역도 있다. 비가 계속 오는 지역의 경우 3~4일에 걸쳐서 비가 계속 오는데 이를 몬순 기압골이라고 한다. 이로 인해 히말라야 산맥지역에는 비가 많이 내리며 인도의 평야는 건조해지는데 이를 '브레이크 몬순(break-monsoon)'이라고 부른다.

히말라야 동쪽에 내리는 많은 비는 저기압의 영향인데 어떤 과학자들은 이 저기압이 태평양 동쪽 사이클론의 잔재라고도 믿는다.

9월이 되면 바람이 방향을 바꾸면서 몬순은 약화된다. 가을이 다가오면서 아시아 대륙은 식고 고기압이 발달하게 된다. 바다는 채 식지 않아 바람은 이제 대륙에서 인도양 쪽으로 불게 된다.

겨울이 되면 히말라야와 인도 북부의 기상이 악화되는데 히말라야 쪽으로 스며드는 저기압 때문이다. 이 저기압은 1월과 2월에 많은 비를 뿌리며 히말라야에 폭설이 내리게 하기도 한다.

지금까지 살펴본 것은 일반적인 히말라야 지역의 기후 패턴이다. 하지만 산의 날씨는 대부분이 예측 불가능하다. 그리고 지역마다 상당히 다르다. 어떤 협곡에 비가 내리더라도 다른 협곡에서는 날씨가 아주 화창할 수 있다. 이쪽 산등성이는 아주 추웠어도 다른 쪽에 가면 해가 나고 따뜻할 수 있다. 히말라야의 날씨를 예측하는 것은 기상학자들 사이에서도 아주 힘든 일이라고 한다. 인도의 한 기상학자는 다음과 같이 말했다.

"산 날씨는 봄베이(발리우드) 패션가 같다: 예측이 불가능하다."

그래서 히말라야의 산악 사고는 변화무쌍한 자연에 따른 사고가 대다수다. 눈사태와 히든 크레바스* 같은 것은 예측할 수가 없다. 2006년 에베레스트에서 살아 돌아오니 세상 사람들은 내가 사지에서 살아 돌아왔다고 "너 오래 살겠다."는 덕담을 건넨다. 내가 잘나서 살고 내가 못나서 죽는 것이라기보다 산이라는 자연이 품어주면 사는 것이고 내치면 죽는다는 것이다. 그래서 나의 답은 '함부로 까불면 죽는다'는 것이다. 그래서 항상 겸손할 것과, 범사에도 감사하며 살아야겠다는 다짐을 한다.

우리나라 산악인들 중에 박영석 대장을 기억하는 사람이 많다. 나는 1996년 초오유 원정 때 카트만두에서 처음 그를 만났다. 그리고 2000년, 2001년 남미 아콩카구아 등반 때 두 번이나 만났다. 높고 힘든 곳을 오르는 등반능력도 출중했지만 깊이와 등산철학이 있는 훌륭한 산악인이었다. 원정을 마치고 함께한 자리에서도 산 이야기로 에너지가 넘치고 본받을 게 많은 산악인이었다.

에베레스트 등반 중에 만난 고(故) 박영석 대장(왼쪽)

2010년 그를 카트만두에서 만났을 때 그는 안나푸르나 남벽 등반에 도전하고 있었고, 나는 '얼음창고'라 부르는 히무룽 원정길이었다. 그런데 이것이 박 대장과의 마지막 조우였다. 그렇게 에너지 넘치던 그가 2011년 안나푸르나 남벽에서 사라졌다. "아! 이렇게 가는 게 아닌데" 하면서 나는 한 영웅의 어이없는 죽음 소식에 한동안 넋을 잃고 말았다. 그러나 산이 나에게 가르친 대로 이해하면 산이 그를 자신의 품으로 거두어들인 것이다. 산을 사랑했던 그는 산에서 살다 산의 품에 묻혔다.

히말라야 하면 떠오르는 한국의 대표적인 산악인이 엄홍길 대장과 박영석 대장이다. 그들은 한국 산악계를 대표하듯 도전을 멈추지 않았고 그 결과 엄 대장은 세계최초 16좌 완등을 달성했고, 박 대장은 산악 그랜드슬램이라는 금자탑을 쌓았다. 산이 그들에게 품을 열어주었기 때문이었다.

나 또한 산과 뗄 수 없는 팔자라고 느낄 때가 많다. 내가 태어난 곳은 경상북도 문경시 하고도 산의 북쪽이라고 부르는 산골마을 산북이다. 중학교도 산자가 들어간 산양에서 다녔고, 부산과 양산에서 활동하고 살고 있으며 큰사위는 울산, 둘째 사위는 경산에 살고, 내가 사는 아파트도 덕산이다. 다 산이 들어가는 곳에서 살고 있다. 심지어 손금도 M자, 마운틴이다. 내가 힘든 고산 등반 중 죽음의 문턱에까지 가서 죽지 않고 살아남은 이유는 산이 나를 보살펴주기 때문이라고 혼자 생각해보기도 한다. 어찌 보면 숙명론 같지만 이렇게 산은 나의 운명처럼 느껴진다. 나는 이 운명에 순명했기 때문에 오늘날과 같은 산악인으로서 만족스럽게 살아가고 있는지도 모른다.

히말라야 설산을 오르면서 자신과 했던 싸움은 노동처럼 유익하고 예술처럼 고상하며 신앙처럼 아름답기도 했다.

에베레스트 등반 중 엄홍길 대장(우측 두 번째)과 함께

불편은 받아들이면 편안해진다

히말라야에서 어렵고 힘든 등반을 하면서 나는 인내와 겸손을 배웠다. 그것도 몸으로 느끼는 배움이다. 누구나 겸손이 미덕이라는 건 알고 있다. 그러나 진정 겸손을 실천하는 것은 다르다. 그런데 히말라야에 다녀오면 온몸으로 깨닫는다. 깨지고 당하면서 배우는 것이기 때문에 같은 겸손을 배워도 다르다. 인내와 겸손, 그리고 마음 정리를 배울 있는 곳이 산이다. 산을 통한 나의 배움은 말로 쉽게 전달할 수 있는 것이 아니다. 그래서 나는 나와 함께 영혼이 맑아지고 깨달음이 있는 히말라야 트레킹을 해보자고 권한다. 그러면 느낌이 전해온다. 인생이 뭔지를 되돌아보게 하고 그 인생을 변화시키는 곳이 산이며, 그중에서도 히말라야다.

히말라야는 사람보다 신이 많은 곳이라고 불린다. 그만큼 영적으로 사람을 감응시키는 곳이며 변화시키는 곳이다. 한 번은 신부님과 함께 히말라야를 트레킹한 적이 있다. 그 신부님에겐 히말라야와 같은 오지는 처음인지라 불편한 것이 한두 가지가 아니었다. 먹는 것에서부터 씻는 것까지 모두 불편한 것투성이라 트레킹을 안내하는 나에게 호소해왔다. 한 번은 음식을 먹기 위해 숟가락을 드는데 음식 찌꺼기가 묻어 있다며 나에게 좀 닦아달라고 부탁했다. 나는 그 숟가락을 받아서 수건으로 닦아드렸는데 숟가락을 닦는 수건도 만만치 않게 더러웠다. 신부님은 어처구니없어 했고, 나는 그분께 이렇게 말씀드렸다.

"히말라야는 불편한 곳입니다. 편한 것을 찾으려고 한다면 애초에 히말라야에 오질 말았어야 했습니다. 히말라야에서 지내려면 불편함에 익숙해져야 합니다."

내 말을 들은 신부님은 곧 수긍하며 흔쾌히 받아들였다.

우리가 불편하게 생각하는 것은 히말라야에서 살아가는 사람들에겐 당연하게 받아들이는 생활의 일무다. 손만 뻗으면 쉽게 얻을 수 있는 도회지의 생활에서는 우리는 몸을 덜 움직인다. 그러나 히말라야에서는 사소한 것을 얻기 위해서도 몸을 많이 움직여야 한다. 편리함에 익숙해지면 정신이 안정되지 못하고 결국 도를 이룰 수 없다는 장자의 말처럼, 기계의 편리함에 빠져 인간의 노동이 갖는 가치를 소홀히 하고 생산 과정의 노고를 생략함으로써 생산 결과의 소비에만 집착하는 인간 정신의 허약함을 히말라야는 성찰하게 한다. 한여름 땀을 흘린 농민이 바라보는 가을의 황금 들판과, 도회인이 고속도로를 스쳐지나가면서 바라보는 가을 들판이 어떻게 같을 수 있겠는가?

히말라야는 특별한 곳이다. 모든 것이 불편한 곳이다. 그런데 정작 그곳에서 살고 있는 사람들은 불편을 불편이라 느끼지 못

등반 중 고소캠프에서 요리하는 모습

하는 듯했고, 또 결핍이 불행이라 생각하는 것 같지도 않았다. 한국의 여행객들이 느끼는 불편을 이들은 일상 속에서 묵묵히 받아들이고 있었다. 나는 히말라야에서 무엇이 참다운 행복인가를 되묻지 않을 수 없었다. 육체적인 안락함이 행복인가? 더 많은 소유가 행복인가? 나는 항상 선하게 웃는 셰르파들의 순수함 속에 깃들어 있는 그 어떤 충만감의 비밀을 들여다보고 싶었다.

히말라야 산맥에 라다크라는 곳이 있다. 우리에게는 『오래된 미래』라는 책에 소개된 곳으로 고산지대에서 살아가는 사람들의 이야기를 담고 있다. 한국 사람들의 기준으로 보면 지지리도 궁벽한 곳이지만 여기서 사는 사람들은 개발로 인한 근대화의 바람이 불기 이전까지 이런 생활을 너무도 자연스럽게 받아들이며 나름대로 행복하게 살고 있었다. 그러나 서구식 근대화가 진행되면서 태고적 자연의 균형이 무너지고, 환경은 파괴되고, 각자의 마음속에 이기심이 자리 잡으면서 불행의 씨앗이 널리 퍼지고 있다. 개발의 바람이 불기 전 라다크인들은 때묻지 않은 태고의 자연과 더불어 결핍 속에서도 행복하게 살아가는 지혜를 익힌 사람들이었다. 일 년에 넉 달밖에 농사를 못 짓는 척박한 환경에서 이들은 욕망을 줄이고 서로를 돌보는 공동체를 이룩했다. 동네의 형들이 동생을 보살피고 동생들은 형을 잘 따른다. 노인은 생의 체험을 고스란히 보존하고 있는 지혜로운 사람으로 존경받는다. 이웃 간의 소외란 있을 수 없다. 낙

후한 의료시설로 유아사망률이 높고 평균 수명도 세계 어느 나라보다 짧지만 그 모든 것을 자연의 섭리로 받아들이며, 불교적 세계관 속에서 녹여 순명(順命)하고 있는 사람들이었다. 불경을 읽지 못하는 그들은 불경이 적혀 있는 불경통(마니차)을 돌리면서 '옴마니반메훔(Om mani padme hum)'이라는 육자진언을 암송한다. 불경통을 돌리는 만큼 영적으로 고양되고 반면에 욕망의 크기를 줄여나가는 것이다.

"소리에 놀라지 않는 사자처럼, 그물에 걸리지 않은 바람처럼" 쉽게 동요하지도 말고, 미혹되지 말라던 『숫타니파타』의 가르침을 나에게 전해주셨던 법정스님도 히말라야를 보고는 놀라셨다. 히말라야는 웅장하다. 투명한 하늘은 높아 보인다. 밤하늘의 별을 보면 별이 너무 커서 무서울 지경이다. 그만큼 맑다. 인간보다 신이 많은 곳, 그곳은 신의 영역이다. 세파에 시달린 많은 이들이 히말라야를 걸으며 그 신령스러움에 흠뻑 젖어든다. 성층권까지 치솟은 설봉을 이고 있는 웅대함에 압도되어 묵연히 걸으며 자신이 걸어왔던 길을 성찰하게 한다. 전세 걱정도, 취직 걱정도, 입시 걱정도 없는 이곳에서 그동안 우리가 정작 중요한 것을 잃어버리고 살아왔음을 발견하게 되는 것이다. 물질적 풍요만을 추구하는 와중에 정작 빈껍데기의 영혼으로 공허해진 자신을 만나게 된다.

히말라야는 나의 종교

유명한 등반가에 의하여 성취되는 가장 훌륭한 등반은 이미 그들이 유
명해지기 전에 이룩된다는 것이 사실이다. 만일 '명성이 영웅적 행위의
향수'라면 그것은 그렇게 생각할 수밖에 없을 것이다.

-더그 스코트

두 개의 종교, 다양한 신, 다섯 개의 달력, 다른 전통을 가진
많은 부족들을 가진 나라.

신화 속의 신비로운 히말라야 왕국은 뿌리칠 수 없는 힘을
가지고 있는 곳이다. 단순히 이미 가봐서 그곳을 다 안다는 여
행자들의 관점을 네팔은 바꾼다. 카트만두에서 살 수 있는 기념
티셔츠 문구에 이렇게 적혀 있다.

"네팔이 당신을 변화시키기 위해 여기 있는 것이지 당신이 네
팔을 변화시키기 위해 여기 있는 것이 아니다."

네팔은 사람들로 하여금 자신을 자꾸 돌아보게 하는 강한 매
력을 가진 나라이다.

네팔의 혼합된 문화에 대한 가장 명백한 사실은 어디를 가든

라마불교의 순례지 보드나트(Boudhanath)

넘쳐나는 유적들이다. 카트만두에 있는 3
개의 광장이 특히 주목할 만하다. 이 광장
들에는 18세기 왕들이 세운 화려하게 장
식된 사원과 궁전들이 그들의 부와 헌신
을 잘 보여준다. 오늘날 이 건물들은 여전
히 남아 있다. 1934년 대지진으로 무너진
후 많은 사원들이 이후 복원된 건축물들
이다.

  힌두교와 불교신자들은 종종 같은 사
원에서 기도를 올리고 심지어 같은 신을
섬기기도 한다. 한 예로 사방으로 모든 것
을 보는 부처의 눈이 조각된 거대한 탑이
회반죽을 바른 지붕 위에 얹혀진 스와얌
부나트 스투파°에서 찾아볼 수 있다. 표
면상으로 스와얌부나트는 불교 사원이지
만 스투파의 언덕꼭대기 구역 안에는 아
주 유명한 힌두교 사원도 있다. 스와얌부
나트에서 좀 떨어진 곳에 네팔 티베트 불
교의 총본산이자 네팔에서 가장 큰 규모
의 보드나트라는 불탑이 있는데 주로 네

스투파(stūpa):
유골을 매장한 인도의 화장묘

팔인들보다는 티베트인들이 찾는다.

이 두 개의 불교 사원 사이에 네팔 힌두교의 총본산인 파슈파티나트 사원이 있다. 여기에는 인도에서 가장 성스러운 강으로 손꼽히는 갠지스 강의 지류인 바그마티 강이 흐르는 탓에 네팔 힌두교도들에게 이곳은 인도의 바라나시와 맞먹는 종교적 지위를 가진다. 이 거대한 사원들은 시바의 또 다른 이름인, 짐승의 제왕이라는 뜻의 파슈파티(Pashupati)를 위해 세워졌다. 관광객들이 파슈파티 사원 안으로 들어갈 수 없음에도 이곳을 찾는 이유는 강변의 유명한 화장터 때문이다. 죽음이라는 인간의 숙명적 한계 앞에 인간은 누구나 고개를 숙이지 않을 수 없기 때문일까?

등반을 앞두고 보드나트에서 히무룽 대원들과 함께

기독교인이든 불교인이든, 혹은 이슬람교인이든 힌두교인이든 히말라야의 고산 등반을 앞두고 행하는 의식은 다름 아닌 뿌자(Puja, 인간을 이어주는 의식)이다. 라마식으로 지낸다고 해서 라마제라고도 부른다. 히말라야에 왔으니 히말라야 산신들이 들을 수 있는 언어와 형식으로 제를 올리는 것이다. 삶과 죽음은 신의 영역이니 나약한 인간을 굽어 살펴달라는 간절한 기도를 올린다. 생명을 기원하는 이 제의에 불교도든 기독교도든 모두 하나가 될 수밖에 없다. 세계 어느 나라의 등반대든 베이스캠프에 도착하면 캠프를 구축하고 쉴 틈도 없이 제단을 만든다. 키친텐트에선 분주하게 제단에 올릴 음식을 쿡*과 키친보이*들이 정성을 다해 만든다. 그리고 가능하면 인근 곰파에 있는 라마승을 모시고 와서 제를 올린다. 오색찬란한 타르초 깃발과 원정대 로고가 새겨진 깃발들을 동서남북으로 연결하고 등반을 나설 때마다 이곳에서 향(주니퍼)을 피우고

쿡(Cook):
베이스캠프에서 원정대를 위한 식사를 준비하는 사람

키친보이(Kitchen boy):
대규모 원정대에서 대원들의 설거지 담당으로 고용된 사람

무사등반과 무사귀환을 기원하며 율법에 따라 제단을 왼쪽에서 오른쪽으로 한 바퀴 돌아 정성을 담아 기도하며 지나간다.

삶과 죽음이 교차하는 곳에서 나약할 수밖에 없는 인간은 등반의 성공도 중요하지만 매순간 이승과 저승을 생각하지 않을 수 없다. 현지 고용인들은 부적을 목에 걸고 엄마를 부르는 소리로 들리는 "옴마, 옴마(옴마니반메훔의 줄인 말)"를 염송한다.

나는 "우리를 살아남도록 해주세요.(We must survival!)"를 간절히 염원한다. 그래서 히말라야에서는 모든 종교가 하나로 통합된 듯 보인다. 한마디로 히말라야 자체가 신의 영역이고 종교인 것이다.

나에겐 히말라야 자체가 종교다. 종교란 게 뭔가? 인간으로서 한계에 부딪힐 때 믿고 의지하고 싶은 의지처 아닌가? 히말라야라는 높고 위험한 산에서 목숨을 담보로 한 등반을 하다 보니 히말라야 자체가 나의 종교가 되어버린 것이다. 산을 걷다 보면 첨단을 내달리는 바쁜 세상사에서 풀리지 않은 갈등과 결정을 내려야 하는 것들, 복잡한 생각과 격앙된 감정들이 차분히 정리된다. 그러면 앞으로 내가 나아갈 방향이 제시되면서 자신감이 생기고 명쾌한 답을 얻고서 산을 내려오곤 한다. 산으로 가는 길은 걷는 이를 감싸주는 손길이고, 걷는 이에게 전하는 말없는 눈길이며, 하늘의 뜻을 따르게 하는 하늘길이다.

오로지 산과 자연에 있을 때만 나의 모든 문제가 풀리는 것만 같은 주술에 휩싸인다. 만년설로 다져진 히말라야 원정을 갈 때는 왕복티켓을 끊고 가지만 다시 온다는 보장이 없다. 위험한 곳을 간다고 보험사에선 보험도 들어주지 않는다. 그래서 떠날 때마다 의지할 곳이 없어 몸을 깨끗이 하고 산을 올라 산신에게 신고식을 단단히 하고 떠난다. 산은 위험하다. 그리고 냉정하다. 산을 함부로 생각하면 다친다. 그러나 산에 오르면 푸르른 녹색 자연과 푸르른 하늘, 그리고 저마다 다른 언어로 소통

라마제를 마치고 제단 앞에서 대원들과 함께

하는 새와 다람쥐들이 내 주위를 빙빙 돌면서 '차분히 자기 자신을 돌아보고 깨우치는 시간을 가져보세요. 그러면 분명 달라지는 자신을 발견할 수 있을 거예요'라고 속삭이는 듯하다. 이렇듯 산은 내게 인생의 참맛을 알려준 하나밖에 없는 친구 같은 존재이자, 내게 말없이 세상사의 방향을 가리켜주는 위대한 스승이기도 하고, 인간의 모든 것을 다 포용하고 늘 반갑게 맞아주는 다정한 이웃과 같은 존재다.

산악인들의 도전에 대해 종종 '험난한 자연에 맞선 인간의 도전'으로 오해하는 경우가 있다. 산은 정복의 대상은 아니다. 인간이 자연을 정복할 수도 없다. 이러한 인간의 욕심과 오만함, 이기심으로 인해 산이 우리를 거부할 수도 있다. 가끔 산을 오를 때 유별나게 힘들 때가 있다. 그럴 때마다 산이 나를 거부하고 있다는 생각이 많이 든다. 특히 고산 등반에서 느끼는 감정이 그렇다. 베이스캠프로 카라반*을 떠나기 전, 도시에 체류하면서 스투파에 가보면 '오체투지'를 하는 티베트인들이 많이 보인다. 그들은 세상에서 가장 낮은 자세로 다음 세상을 위해 기도한다고 한다. 우리 원정대도 히말라야 등반 전에는 반드시 기원제를 올린다.

카라반(caravan):
승용차에 매달아 끌고 다니는 이동식 컨테이너 주택. 산에서는 운행이라고 한다.

세락(sérac) :
빙하의 갈라진 틈에 의하여 생긴 탑 모양의 얼음덩이

2006년 에베레스트 등반 때 셰르파 10명이 쿰부 아이스폴 지대를 통과하다 세락*이 무너지는 바람에 중간에 3명이 현장에서 압사당하고 말았다. 며칠 전 나 자신도 위험을 느꼈던 바로 그곳이었다. 아무리 뛰어난 산악인이라도 이렇듯 산이 무심히 휘두른 손길에 불귀의 객이 되는 것이다. 따라서 인간이 산을 정복한다는 것은 참으로 가소로운 표현이 아닐 수 없다. 오직 산이 허용할 때만 산에 오를 수 있다. 산이 허용하지 않는 한 산은 정복될 수가 없다. 그런 의미에서 산이라는 대자연 앞에서 인간이 가져야 할 태도는 자연에 대한 도전이니 정복 따위가 아니라, 자연이라는 절대자 앞에서 벌이는 자기 자신과의 처절한 싸움이라고 해야 정확한 표현이겠다.

실제로 등산을 하면서 깨닫는 사실은, 산에서 힘든 과정을 겪으면서 무엇에 순응해야 하는지 수시로 부딪히게 된다는 것이다. 그 과정에서 결국은 자신의 참모습을 발견하는 이도 있다. 고산 등반을 하면서 폐쇄적이고 배타적인 생각이 들 때마다 자연스럽고 조화로워져야 한다고 다짐한다.
관중도 심판도 없다는 알피니즘°의 세계에서 벌이는 자신과의 고독한 싸움. 등반이 하나의 수행으로 여겨지는 본질적인 이유가 바로 여기에 있다.

알피니즘(Alpinism): 3,000m 이상의 눈과 얼음이 덮힌 고산에서 행하는 스포츠 등산이다.

내 인생에서 산은 나의 가슴에 불을 지르는 가장 위대한 스승이자, 내가 살아가는 이유이기도 하다. 히말라야에 푹 빠져 다니다 보니 히말라야 자체가 나의 종교가 되어버렸다. 그래서일까? 히말라야 등반 전 꼭 들르는 곳이 있다. 곰파라고 하는 사원이다. 나는 이곳에 들러 등반의 성공과 함께 제발 살아서 돌아가게 해달라고 신께 간절히 기도한다. 특별한 종교를 갖지 않은 내가 가장 절실하고 간절히 기도하는 때가 바로 이때다. 산에 순종하겠으니 산이여 나를 받아주소서 하고 기도하는 것이다.

히말라야 밥상

로마에서는 로마의 법을 따라야 하듯, 히말라야에는 히말라야의 법이 있다. 바로 천천히 생각하고, 천천히 걷고, 천천히 먹는 것이다. 히말라야의 법에 적응하지 않고서는 히말라야에 오를 수 없다. 히말라야에서 먹는 밥은 평지의 밥과 다르다. 고소에서 먹는 밥은 고소증을 이겨내는 밥일 뿐만 아니라 고소증에 시달리며 삼켜야 하는 밥이기도 하다. 성찬이 주는 맛과 향기가 아니라 생명의 한계선인 히말라야라는 극한의 상황에서 '생존'을 위해 겸손히 받아들여야 하는 생존식이다. 그러나 셰르파들은 우리가 도저히 먹을 수 없을 것 같은 음식을 맛있게 잘도 먹는다. 단순한 생존식이 아니다. 그것은 그들이 조상 대대로 먹어왔던 음식이기도 하고, 히말라야에 자연스럽게 적응하고 있기 때문이기도 하다.

우에무라 나오미의 『안나여, 저게 코츠뷰의 불빛이다』에는 나오미가 이누이트족처럼 날음식을 먹는다. 일본식 식량을 싣고 가는 게 아니라 썰매개와 함께 북극권의 빙원을 달리며 해표와 카리부(순록)를 사냥하거나 넙치를 낚아, 그의 문화권이

네팔의 재래시장 풍경

아닌 음식을 받아들이는 것이다. 나오미가 이누이트식에 적응
하지 못했다면 그의 북극권 탐험은 생각조차 할 수 없었을 것
이다.

사람에 따라 그 지역의 환경에 잘 적응하는 사람도 있고 그렇
지 못한 이도 있다. 이런 개인차는 어떻게 생기는 걸까? 생리적
인 면도 있겠지만 심리적인 면도 있을 것이다. 외부 환경에 대
해 흥미를 갖고 열린 자세로 받아들이는가 아니면 의혹에 찬
눈길로 거부하며 스스로 닫아버리는가에 따라 적응하는 정도
가 다를 수밖에 없을 것이다. 경상도 사람이 전라도의 토착음식
인 삭힌 홍어를 처음 먹는 경험은 가히 충격이다. 그러나 지금

은 꽤 많은 사람이 홍어를 찾고 심지어 애호가가 된 사람도 있다. 서양 음식인 치즈도 마찬가지다. 우리가 언제부터 치즈에 익숙해졌는가? 의구심을 갖고 그 독특한 맛을 꺼려하기만 했다면 우리는 치즈를 받아들이지 못했을 것이다. 그러나 발효식품인 치즈의 다양한 맛에 대해 호기심을 갖고 받아들이면서 우리는 치즈와 친해질 수 있었다. 사람의 입에 들어가는 음식인데 어떤 음식인들 먹지 못할 게 뭐가 있겠는가? 중국의 취두부(발효두부)는 구린 냄새 속에 특이한 향기가 나는데 취두부만 먹을 수 있으면 중국 음식은 모두 다 먹을 수 있다는 말이 있을 정도로 쉽게 적응하기 힘든 맛이다. 그러나 취두부는 중국 황궁의 밑반찬이었고 서태후가 즐겨 먹었던 음식이다.

이누이트 부락의 환영행사에서 우에무라 나오미는 키비악이라는 발효된 뇌조의 내장을 먹기도 했다. 키비악은 해표의 뱃속에 뇌조나 바다쇠오리를 집어넣어 땅에다 묻고 대략 7개월 정도 발효시킨 후 꺼내어 먹는 음식이다. 한 번 손을 대면 그 냄새가 진동해 며칠 동안 집에서 냄새가 빠지지 않을 정도로 지독하다고 한다. 먹는 법도 보통사람은 질겁할 정도다. 해표 뱃속에서 발효된 뇌조를 꺼내 뇌조의 항문에 입을 대고 삭은 내장을 빨아 먹고 털을 제거해 살을 발라 먹는다. 나오미는 키비악이 잘 발효된 치즈맛이라고 했다. 나오미가 뛰어난 모험가일 수 있었던 것은 세계의 극지에 자신을 적응시키는 능력뿐만 아니라 키비악과 같은 미지의 음식을 탐험하는 그의 열린 자세 때문이기도 하다. 그는 어떤 상황에서도 적응할 수 있는 사람이었다.

적응하지 않고서는 탐험은커녕 살아남을 수 없다. 살아남아야 그다음을 진행시킬 수 있다. 잘 삭힌 홍어회를 먹어보라. 강렬한 암모니아 냄새가 진동한다. 홍어회 애호가들은 더 강렬한 암모니아를 찾는다. 키비악보다 몇 배 더 진한 냄새를 풍기는 음식이 홍어회라면 우리가 못 먹을 음식이 있을까? 미지의 세계를 찾아가는 탐험의 세계처럼 미지의 음식을 탐험하는 것도 탐험의 일부다. 탐험은 그 미지의 세계에 적응하고 그것을 넘어서는 과정이다. 손으로 먹는 달밧*과 보릿가루로 반죽한 짬바* 같은 히말라야의 밥상을 기꺼이 받아들일 수 있을 때 히말라야에 한걸음 다가갈 수 있다.

달밧(Dalbat):
네팔 정통 요리 중 하나로, 밥과 나머지 재료가 함께 나오고 손으로 먹는다.

짬바(замбаа):
티베트인의 주식. 보리를 볶아 빻아 만든 가루이다.

야크와 닮은 내 모습

산에 미쳐 산짐승처럼 돌아다니다 보니 이런저런 얘기를 많이 듣는다. 나를 보고 세계에서 가장 높은 곳에 사는 동물이고, 히말라야에서 무거운 짐을 운반하는 야크를 닮았다고 한다. 한마디로 소 같은 놈이란 얘기다. 난 분명 우유가 아니라

초모랑마 고소캠프에서

모유를 먹고 자랐는데 소 같은 놈이란 얘기는 안 맞다. 그러나 짜리몽땅하고 털이 북실북실한 점은 비슷하기도 하다. 야크(yak)는 숫놈을 일컫는 이야기고, 암컷은 나크(nak)라 부른다. 고산의 툰드라나 반사막지대에서 듬성듬성 나 있는 풀이나 작은 관목의 잎을 먹고 사는데 긴 털을 가진 소의 일종이다. 몸길이가 3m가 넘고 몸무게는 500~1,000kg 정도로 어깨, 옆구리, 꼬리의 털이 길고 매끄럽다. 보통 3,000m 이상의 고산에서만 살고 있으며 그 이하에는 말과 야크의 잡종인 잡교나 말과 당나귀의 잡종인 동키(donkey)가 주요 운송수단으로 이용된다. 세계 최고봉이 있는 네팔 쿰부 지역에는 잡교가 루클라에서 남체까지 다니고, 안나푸르나 지역에는 농키가 낳이 다니는 편이다.

내 얼굴의 일부분을 가리고 있는 덥수룩한 은빛 수염과 시커먼 얼굴 모습 때문에 나를 두고 야크 같은 놈이라고 하는데 나는 야크 같다는 평이 과분하다고 여긴다. 삼수(修) 만에 세계 최고봉 에베레스트를 등정할 때 추위와 고소에 시달리던 내 모습은 엉망으로, 짐승에 가까웠다. 아마 그때는 야크와 내가 아주 가까운 친인척으로 보였을 것이다. 민망한 얘기지만 장기등반으로 씻지도 못하고 다듬지도 못했으니 야크나, 야크를 모는 티베트인이나, 나 자신이나 거의 비슷비슷해 보일 수밖에 없었다.

사실 야크라는 짐승은 버릴 게 하나도 없다. 티베트인들에게 야크는 야크스테이크, 야크치즈, 수유차를 주고, 털과 배설물까지 긴요하게 쓰인다. 우리식으로 판단하면 미신의 노예 같고, 원시적이고, 일부다처제가 허용되고, 바람이 거세고, 햇볕에 살이 쪼그라든 티베트인들이지만 이들은 산의 개울물처럼 맑고, 투명한 대기 속에서 살아가는 사람들이다. 그들에게는 야크가 의식주를 해결해주는 주공급원이다. 털은 티베트인들의 의복으로 만들어지고 배설물은 연료로 중요한 에너지원으로 사용된다. 히말라야 산록을 걷다 보면 산길 주변에 손금과 같은 길이 계단처럼 보이기도 하는데 이는 야크가 다닌 길이다. 티베트 사람들은 야크 없이는 살 수가 없다. 히말라야 원정 역시 야크 없이는 어렵다. 짐꾼인 꿀리를 고용한다고 해도 한계가 있다.

야크는 느린 것 같으면서도 빠르다. 야크는 히말라야의 산길을 느릿느릿 걷는다. 그러나 한결같이 걷는다. 사람처럼 조급해하거나 한없이 늘어지거나 하지 않는다. 늘 평상심을 가진 것처럼 느릿느릿하지만 꾸준히 가는 것이다. 이렇게 느릿느릿 꾸준히 감으로써 결과적으로는 그것이 가장 빨리 가는 보행법이 되는 것이다. 히말라야에서는 야크의 보행법을 배워야 한다. 이런 야크는 인간을 신의 세계로 가깝게 인도해주는 우직한 동물이다.

세상에 단 한 권의 책을 남기고 간 전시륜의 『유쾌한 행복론』에서 저자는 "사람이 행복하자면 게을러야 된다.", "나태는 몸의 피로를 덜어주고, 마음의 평화를 가져다준다."고 한 바 있다.

초모랑마 고소캠프에서 이동 중인 야크

또한 사학자 윌 듀런트는 "항상 바쁜 사람은 문명인이 채 못 된다."라고 말했다. 항상 바쁘게 살아가는 세상 사람들에게 던진 일침이다. 공기가 희박한 히말라야 등반에서 너무 부지런을 떨며 목욕을 자주 하는 것도 좋지 않다. 피부보호에도 해로울 뿐만 아니라 감기에 대한 면역성도 떨어뜨린다. 그래서 산에서는 야크를 닮아야 한다. 나는 산에 오르면 야크, 산에서 내려오면 사람이 된다.

나의 야크 같은 기질이 나를 지금까지 버텨오게 만든 동력이라고 나는 생각한다. 보통 사람들은 평생 한 번 정도 구급차에 실려 갈까 말까일 텐데 나는 어림잡아도 다섯 번 넘게 구급차에 실려 갔다. 생사의 고비를 수시로 들락거렸다는 얘기다.

2006년 히말라야에서 나는 순도 99.9% 죽은 목숨이었다. 그 땐 홀로 계신 어머니한테 "엄마 놔두고 먼저 가지 말라고 하셨는데, 이 자식이 불효자식이 되어 이승을 버리고 저승에 먼저 갑니다."라는 마지막 인사까지 드렸다. 몸이 얼어서 소리도 나오지 않고, 아랫도리는 완전히 풀려서 일어설 수도 없는 상태로 최후의 몸부림을 치고 있었다. 얼마 전까지만 해도 고산 등반가란 말을 들었는데 한순간에 나락으로 떨어진 것이다. 정신줄은 거의 다 끊어지고 영혼마저 희미해져가는데 꿈인지 생신지, 얼굴은 없고 양복 차림의 건장한 일고여덟 명 정도의 저승사자가 나를 찾아왔다. 살려달라는 나의 간절한 애원도 무시하고 그들은 묵묵히 나를 가로채듯이 끌고 갔다. 그렇게 얼마를 끌고 가더니 갑자기 놓아버리는 게 아닌가? 아직 갈 때가 안 되었는지, 아니면 내가 야크를 닮은 놈이라 무서워서 놔두고 가버린 것인지 알 수가 없다.

그런 나를 보고 내 아들이 바퀴벌레 아빠라고 불렀다. 지구의 모든 생명이 다 멸망해도 바퀴벌레는 살아남는다는 이야기를 빗대서 붙여준 별명이었다. 그래서 나는 우리 집을 바퀴벌레네 집이라고 부르게 되었고 휴대폰에도 우리 집은 '바퀴벌레네 집'이라고 입력되어 있다.

고산지대에 살고 있는 야크는 포식자도 아니고 피식자도 아니지만 튼튼하고 강하다.

"성공으로 가는 길은 언제나 위험이 따른다."는 말이 있다. 나는 위험에 직면하면서도 묵묵히 고산지대를 오르는 야크처럼 포기할 수가 없었다. "마음을 내려놓으면 문제도 없다(No self No problem)."는 『티베트 스님의 노 프라블럼』에 나오는 명언이 있지만, 히말라야 최고봉인 에베레스트 등반에 대한 욕구와 야크 같은 본능 때문에 내려놓을 수 없었다. 다른 사람들은 한 번에 성공하여 최고봉의 사나이가 되는데 나는 연거푸 실패하고 삼수를 한 끝에 티베트 루트인 초모랑마(에베레스트의 중국명) 정상을 올랐다. 그것도 인간으로서 체력이 고갈된 상태에서 나도 모르게 내 속의 야크가 자신을 움직이는 제3의 힘에 의존해가며 천신만고 끝에 오른 것이었다.

베이스캠프에서

등산도 학문이다

참다운 목표는 최고의 한계점에 도달하는 것이 아니라 완성을 추구하는 것이다. 이 완성이야말로 끝없이 무한한 것이다.

-라빈드라나드 타고르

산은 목숨을 서는 곳이 아니다. 모험이라는 불확실성이 주는 매력 때문에 산을 찾는 것뿐이다. 그러다 보니 생사의 기로에 서게 되는 경우도 있다. 위험이라는 대가를 치르면서 상상도 못할 경험도 얻고, 또 그만큼 잃은 것도 많다. 산이 좋아서 산에 미쳤다가 운명인지 숙명인지 모를 죽음의 문턱에서 되찾은 기적 같은 인생이다. 아직 이승에 남아 네 할 일을 하라는 산신의 명으로 받아들이며 모든 것에 감사하면서 살고 있다. 이젠 내 소중한 경험을 토대로 산을 좋아하는 사람들에게 등산지식과 기술을 보급하면서 살고 있다. 등산문화 발전에 기여하고 싶은 마음으로 사단법인을 만들고 등산교실도 운영하며 미력이나마 등산의 세계를 가르치고 있다.

영국의 등산가 조지 휜치는 '등산은 스포츠가 아니라 삶의 방법이다.'라고 했으며 폴란드 등산가 보이테크 쿠르티카는 '등산은 인내의 예술'이라고 했다. 내 경험도 그와 다르지 않다. 나는 산을 통해 새로운 삶을 얻었으며 산을 통해 인내와 겸손을 배웠다.

요즘엔 주말이나 휴일, 심지어 평일에도 많은 사람들이 산을 찾아 나선다. 사람 셋만 보이면 산악회가 하나 만들어진다는 얘기조차 있다. 등산 인구가 1,800만 명을 넘다 보니 아웃도어 매장도 동네 슈퍼처럼 생겨나고 학생들은 등산복이 교복이 되다시피 하였다. 히말라야 원정 때나 입어볼 만한 다운자켓도 흔하게 볼 수 있다.

시대가 이쯤 되면 체계적인 등산교육이 절실하다. 산악연맹 차원에서 하던 등산학교 외에도 트레킹스쿨과 클라이밍스쿨, 등산 동호인들을 위한 등산교실도 많이 생겼다. 그러나 등산 동호인들 대부분은 등산이 뭐 배울 게 있냐는 안일한 생각들을 하고 있는 것이 현실이다. 자기들끼리 근교산이나 다니는데 굳이 등산교육을 받아야 하느냐는 것이다. 그렇게 생각할 수도 있지만 사실 교육을 받으면 달라진다. 등산의 기본은 걷는 것이다. 누구나 걷지만 등산의 보행법은 그 나름의 기술이 담겨 있다. 그래서 등산학교에서 보행법을 가르치는 것이다. 크리스토프 라무르는 『걷기의 철학』에서 산행은 보통의 걷기와는 다른 노력을 필요로 한다고 했다. 어디엔가 오른다는 것은 그곳이 그다지 높은 곳이 아니라 할지라도 평지에 비해 더 많은 힘을 필

요로 하고, 또한 자기 자신과의 원초적 관계를 설정하게 된다. 등산의 보행은 다른 사람이나 다수의 타인이 아니라 자기 자신을 통제하며 걷는 행위다. 그래서 산행을 두고 의지와 자유를 가르치는 학교라고 한 것이다.

나는 국내 등산학교에서 등산을 배웠고, 히말라야에서 피로와 고통, 좌절 등에 저항하며 고산 등반을 배웠다. 이젠 이런 경험들을 산을 좋아하는 분들에게 가르치고 싶다. 산은 위대한 스승이다. 그 위대한 스승을 만나려면 등산의 기술을 익혀야 한다. 산은 때로는 냉정하고 위험하기 때문이다. 옷 하나를 잘못 입으면 저체온증으로 치명적일 수 있는 곳이 바로 산이다. 먹는 것도 제대로 먹어야 한다. 등산 장비를 고르는 안목도 필요하다. 옷이나 음식, 장비, 이 모든 것이 등산의 기술이다.

등산에는 세 가지 원칙이 있다. 배고프기 전에 먹고, 춥기 전에 갈아입고, 어두워지기 전에 내려가라는 철칙이다. 우리는 종종 등산 동호인들이 예기치 못한 사고를 당하는 경우를 본다. 장비도 제대로 갖추지 않은 암벽 등반으로 죽거나 다치는 일들도 자주 일어난다. 이 모든 것이 등산의 기본 원칙을 무시해서 벌어지는 일이다.

등산도 학문이다. 제대로 배우면 산이라는 위대한 스승을 제대로 만날 수 있다.

죽음을 기억하는 삶

산에 오르는 것은 실패할 가능성을 등에 짊어진 배낭처럼 늘 함께 지고 다니는 것이다. 게다가 히말라야와 같은 고산에서 실패를 겪는다는 것은 곧바로 '죽음'을 의미할 수도 있기 때문에 더더욱 엄중하다. 그동안 평평한 눈밭을 걷다가 갑자기 크레바스에 빠져 영영 헤어나지 못한 이들을 숱하게 지켜봐 왔다. 히말라야 등반 도중에 작은 실수로 설벽에서 추락사했던 산악인도 있었다. 살인적인 추위를 견디지 못해 결국 동상에 걸린 손가락과 발가락을 절단했던 이들도 있었으며, 심지어 정상에서 내려오는 도중에 한 외국 산악인이 얼어붙은 채 죽어 있는 주검을 목격하기도 하였다.

나에게도 이러한 죽음의 그림자가 닥쳐온 적이 여러 번 있었다. 크레바스에 빠진 적도 있었고, 사방에서 날아다니는 얼음덩어리에 얻어맞을 뻔했으며, 강풍에 몸이 날아가기도 했다. 로프에 매달려 얼음벽에서 오도 가도 못하는 절체절명의 순간도 있었으며, 눈사태로 자다가 텐트 속에 갇힌 채 산 아래쪽으로 떠밀려 간 적도 있었다. 돌이켜보면 아찔한 순간이 한두 번이 아니었다. 그렇게 늘 죽음과 가까이 살면서도 한계상황에 부닥치면 삶에 대한 절절한 의지를 더욱 느끼게 마련이다.

산에 오르는 것 자체가 늘 삶과 죽음의 경계를 넘나드는 일이다. 러시아 대문호 톨스토이는 "죽음을 기억하는 삶을 살라."고 했다. 모든 인간은 죽는다. 산다는 것은 죽음을 향해 간다는 것과 같다. 그러나 대부분의 사람들이 평생 살 것처럼 아득바득 다투며 산다. 그러나 만약 이제 곧 죽는다고 생각해보라. 재물이나 명예가 무슨 소용이겠는가.

잭 니콜슨과 모건 프리먼이 연기한 영화 〈버킷리스트〉에는 시한부 삶을 사는 두 남자가 살아 있는 동안 꼭 하고 싶은 것들에 관한 이야기가 나온다. 그들은 세계를 일주하며 스카이다이빙도 해보고, 미녀와 데이트도 해보고, 스포츠카도 몰아본다. 그러나 이들은 결국 자신들과 함께 살아온 가족들 곁으로 돌아와 삶의 마지막을 맞이한다. 그렇다! 삶의 마지막 순간에 살아 있는 이들의 기억 속에 아름답게 남기를 바라는 것 말고 뭐가 있겠는가? 임종을 앞둔 이들은 제 속을 썩이던 아들을 세상에 두고 갈 생각에 슬퍼질 것이다. 그리고 아직 용서받지 못한 일에 대해 용서를 구하려 할 것이다. 이렇듯 죽음을 생각하면 사람은 소중하지만 잃어버렸던 것들을 기억하게 된다. 죽음을 기억하는 삶이란 사람을 선하게 만든다. 그리고 겸손하게 만든다.

히말라야 장기등반을 마치고 귀국한 후 모임에 갔더니 어느 기업가가 내게 질문할 게 하나 있다며 다가왔다.

"당신은 히말라야에 가서 뭘 배웠소?"

나는 곧바로 대답했다.

"예, 히말라야에서 저는 겸손을 배웠습니다."

'신의 영역'이라는 히말라야에 감히 인간이 범접한다는 것 자체만으로도 경외심과 함께 막연한 두려움을 느끼기 마련이다. 히말라야는 사람이 정복할 수 있는 곳이 아니다. 오직 히말라야 여신의 허락이 있을 때만 그의 품에 안길 수 있을 뿐이다. 게다가 히말라야엔 죽음이 가까이에 있다. 죽음을 기억할 수밖에 없다.

고쿄피크와 호수

히말라야 첫 원정과 인생 수업

산을 다니다 보면 자신도 모르게 조금씩 빠져들게 된다. 가까운 근교산을 오르다 보면 지리산 천왕봉도 올라가고 싶고, 천왕봉에 올라 일출을 보고 나면 지리산 종주를 하고 싶다. 그다음은 백두대간을 생각하고, 또 그다음은 9정맥을 생각하게 된다. 그러다 보면 이제 알프스나 히말라야로 눈을 돌린다. 나 또한 이와 같은 과정을 거쳤다. 등산학교를 나오자마자 천지도 모르고 암벽 등반가들의 천국이라는 미국 요세미티 암벽등반을 따라갔다. 일행 중에 암벽타기를 잘하는 사람이 있으니 믿고 따라간 것이다. 말로만 들었던 요세미티 국립공원에서 엘 캐피탄 노즈 코스를 지나, 하프돔을 트레킹하는 일정으로 다녀왔다. 이때의 요세미티 등반체험은 산을 제대로 배워야겠다는 강한 동기를 불러일으킨 사건이었다.

4년 후 유럽 알프스 등반을 다녀오고 동남아 봉우리 몇 개를 더 갔다 왔다. 그러고 나서 드디어 히말라야로 눈을 돌렸다. 이왕이면 8,000m를 올라야겠다는 꿈을 키우며 성공률이 제일 높다는 세계 6위의 고봉 초오유를 골랐다. 그 당시만 해도 초오유를 오른 한국 원정대는 그리 많지 않아서 한 번 도전해볼 만하다는 다소 건방진 생각을 했다. 박정헌 등반대장을 빼고는 우선 나부터가 히말라야 초보였다. 등산학교에서 배운 인도어 클라이밍*을 통해 하나씩 원정을 준비하기 시작했다.

인도어 클라이밍(Indoor climing) : 산행의 전반적인 상황을 시뮬레이션하는 것이다.

그러던 중 기발한 생각이 들었다. 기왕이면 한국에서 안 해본 원정을 시도해보는 게 어떨까? 이름하여 한국 최초의 8,000m 패러글라이딩 원정대라는 것이다. 한마디로 무모한 발상이라고 할 수도 있었다. 지방 등산학교를 나온 지 7년 만에 8,000m급 고봉에 오르는 것도 힘든 일인데 무슨 패러글라이딩이냐는 주변의 비웃음에도 아랑곳하지 않고 원정대를 꾸렸다. 우리의 기획이 참신하다며 스폰서도 붙었다. 거창하게 발대식을 치르고, 네팔로 들어가 다시 중국 국경을 넘어 장무와 니얄람을 거쳐 팅그리에 도착하니 고소증 때문에 가만히 있어도 숨쉬기가 거북했다. 팅그리에서 환자가 된 상태에서 베이스캠프로 가는 것 자체가 무리였다. 그래서 하루를 더 쉬고 이튿날 베이스캠프로 올라갔다.

트럭을 이용하여 고도 4,900m 지점 개울가 넓은 초원에 도착하니 이곳이 초오유 등반의 전초기지가 되는 베이스캠프라고 했다. 히말라야 원정이 처음이라 잘 아는 것도 없었지만 원정대장이라고 예우를 해주는 덕택에 무게만 잡고 있어도 되었다. 현지 셰르파와 박정헌 등반대장이 대원들과 의논하여 등반일정을 진행했다. 이곳은 베이스캠프에서부터 산악인들의 국제교류장이었다. 우리는 베이스캠프에서 여성 최초로 세계 최고봉인 에베레스트를 오른 다베이 준코 팀을 만났다. 도쿄대 영문과 출신의 그녀는 일본에 다베이 준코라는 등산복 브랜드가 있을 정도로 유명인이었다. 이런 유명인들과 어깨를 나란히 한다고 생각하니 내 마음은 자꾸 정상으로 향했다. 며칠 후 다시 1,000m 정도 베이스캠프를 더 올려 전진베이스캠프(ABC)를 구축했다. 우린 이곳에 라마제단을 만들어 원정대의 등산기지로 삼았다. 하루이틀 지나고 나자 세계 각국 원정대들이 세계 6위의 고봉 초오유를 오르겠다고 야크에 짐을 싣고 전진캠프로 들어와 캠프 주변이 연일 분주했다. 나중에는 텐트를 칠 공간도 부족해서 서로 텐트 사이트를 만든다고 난리였다. 히말라야 산속에 마을이 하나 생긴 셈이다. 지금 생각해보니 이때가 아마 상업등반이 막 시작되던 때였던 것 같다. 우리 텐트 바로 뒤에는 일본의 노구치 켄 팀, 또 그 뒤에는 그루지아의 기아 도르트라제 팀이 있었다. 나는 이들과 지금까지도 친구처럼 연락을 하고 지내고 있다. 히말라야가 인연을 만들어준 것이다.

원정기간 중 한국 팀의 초코파이 인기가 대단했다. 러시아 산악인들은 초코파이만 주면 정신을 못 차릴 정도로 감사표시를 했다. 한 통이 기껏해야 1,000원 정도인데 효과는 10배 이상이니 산상 비즈니스로 최고였다. 더불어 민간외교관 역할도 크게 했다. 캠프가 하나씩 구축되며 정상에 도전하는 날이 다가오고 있었다. 일본 다베이 준코 팀은 뉴질랜드 상업등반 가이드인 러셀 브라이스가 가이드하고 있었고, 나중에 알게 되었지만 멋진 러시아 산악인 아나톨리 부그리프도 에베레스트 상업 등반 사고에서 탈출해 이곳에 와 있었다.

1996년 10월 23일 추석 명절이 지난 다음이라 보름달이었다. 보름달의 축복을 받으며 정상으로 걸어가는 문나이트 워킹은 내 생애 최고의 작품이었다. 그러나 정상까지 패러글라이더를 가지고 갔지만 기상이 받쳐주지 않아 펼칠 수가 없었다. 할 수 없이 정상 등정 장면만 캠코더로 찍을 수밖에. 우리는 구름에 갇혀 보이지 않는 초모랑마를 원망하며 하산을 서둘렀다. 전진 베이스캠프에 내려와 다시 패러글라이딩을 시도해보자고 하니까 대원들 얼굴 표정이 흐려졌다. 장기간 고소등반으로 지쳐 있어 뭔가 못마땅해하는 눈치여서 고민 끝에 절충안을 제시했다.

"일단 캠프1까지 올라가서 릿지 비행으로 그림이라도 만들어 보자. 시도조차 안 해본다는 것은 협찬사에 대한 예의가 아니다."

대원들은 내 제안에 동의하긴 했지만 이삿짐 같은 패러글라이더를 매고 올라가는 대원들의 뒷모습을 쳐다보고 있으려니 미안한 생각도 들었다. 그러나 나는 히말라야 상공을 활공하는 역사적 장면을 꼭 담아내고 싶었다. 당시엔 방송팀이 동행하지 않은 탓에 우리의 활강장면을 이웃 캠프의 그루지아 산악인 기아 도르트라제에게 찍어달라고 부탁했는데 일이 잘못되어 찍히지 않았다. 그러나 다행히 정상에서 하산하던 일본 산악인 노구치 켄이 찍어서 자료로 남게 되었다. 캠코더로 박정헌 등반대장과 원정대장인 내가 등반과 패러글라이딩 장면을 열심히 촬영했지만 이 역사적인 기록물은 방송이 되기엔 부족함이 많았다. 의욕만 강했지 결과가 만족스럽지 못했던 것이다. 방송국을 전전긍긍한 끝에 이 촬영물은 다행히 모방송국에서 신년특집으로 방영하게 되었다. 이것이 나에게는 이후 원정대를 꾸릴 때 방송사의 협찬을 챙기게 만드는 계기가 되었다.

나의 첫 히말라야 초오유 등정과 패러글라이딩 하강은 처음치고는 꽤 성공적이었다. 첫 등정의 성공은 늦깎이 산악인인 나에게 8,000m급 고산 등반의 자신감을 심어줬고, 베이스캠프에서 맺은 인연들은 세계를 무대로 한 등반 활동의 계기가 된 셈이다.

딩보체 숙소에서 바라본 로체

산악인이자 생활인으로 사는 법

   세계의 큰 산을 오르려면 많은 비용과 시간을 들여야 한다. 먹고사는 문제도 해결해야 하고 원정비용도 마련해야 한다. 늦깎이로 히말라야 등반 대열에 합류한 나는 등반과 동시에 히말라야 원정의 후원금을 만드는 일까지 동시에 추진하지 않으면 안 되었다. 자연스레 산악인이자 기획가의 역할을 동시에 하면서 산악인이자 기획가로서 비상한 재주를 갖고 있는 사람들을 유심히 보게 되었다. 그중 하나가 일본 산악인 노구치 켄인데 그의 히말라야 청소등반은 세계적으로도 인정받는 뛰어난 기획이었고 아직도 진행되고 있다.

   히말라야는 숱한 등반대들이 버려놓은 쓰레기로 몸살을 앓고 있다. 자일과 배낭, 산소통과 생활쓰레기까지 상업등반이 시작된 이후 히말라야의 쓰레기는 국제사회의 이슈가 되었다. "1953년 에드먼드 힐러리가 첫 등정에 성공한 이후 에베레스트에 50여 톤의 쓰레기가 버려진 것으로 추정된다."고 2007년 영국 BBC방송에서 보도할 정도로 히말라야의 쓰레기는 큰 문제였다. 이에 네팔 정부가 등반대로 하여금 쓰레기를 회수해 오도록 4천 달러의 보증금을 예치하게 하고 있지만 쓰레기 문제는 해결되지 않고 있다. 대지의 여신이 인간이 버린 쓰레기로 몸살을 앓고 있는 것이다. 나에게는 인생의 의미를 가르쳐 준 히말라야가 인간에 의해 더럽혀진다는 것은 부끄러운 일이었다.

그러던 차에 산악인이자 환경운동가인 노구치 켄의 권유로 히말라야 청소등반에 참가하게 되었다. 노구치 켄은 2001년에 2톤 가까운 쓰레기를 수거해 세계의 주목을 받은 사람이다. 1997년 러셀 브라이스가 아시아권 등반대가 쓰레기를 함부로 방치하고 있다고 공개적으로 비난하고 난 다음부터 켄의 청소등반이 시작되었다. 노구치 켄은 세계 7대륙 최고봉 등정의 종착지인 에베레스트 베이스캠프 일대에서, 일본뿐만 아니라 한국 등 아시아권 등반대들이 버리고 간 쓰레기 문제가 심각하다는 것을 눈으로 확인하였다. 노구치 켄은 일본 원정대가 버린 쓰레기 사진을 찍어 전국 도시를 돌며 전시회를 열고 경각심을 일깨웠고, 매년 봄에 히말라야 청소 원정대를 꾸려 히말라야에 버려진 쓰레기들을 청소하고 있다.

나는 노구치 켄의 초청으로 일본에 간 일이 있는데 당시 그와 함께 유타로 하시모토 전 일본수상을 만났다. 노구치 켄은 그 자리에서 하시모토에게 재떨이를 선물했는데 하시모토는 의아해하며 이게 뭐냐고 물었다. 노구치 켄은 "히말라야에서 일본 등반대가 버린 산소통을 잘라 만든 재떨이입니다. 이런 쓰레기

산악인 노구치 켄(왼쪽),
일본 전 총리 유타로 하시
모토(오른쪽)와 함께

에베레스트 등반 중 노구치 켄(왼쪽)과 함께

가 일본을 먹칠하고 있으니 저는 일본 등반대가 버린 쓰레기를 수거해 오고 싶습니다. 하시모토 씨가 도와주십시오."라고 말했다. 하시모토는 무릎을 치며 "부끄러운 일이네요. 제가 힘껏 돕겠습니다."라고 약속했다. 그렇게 하시모토가 돕기 시작하자 소니, 세이코 등 일본 대기업들이 후원자로 나서 매년 청소 원정을 하는 노구치 켄을 지원하고 있다. 노구치 켄은 히말라야에서 갖고 온 쓰레기를 압축하여 구조물로 만들고, 이를 일본의 주요 대도시에 전시하여 환경 강연회를 열면서 모금행사를 가진다. 여기서 모금한 돈으로 청소등반도 하고 히말라야에 아이들을 위한 학교를 세우기도 한다.

노구치 켄은 7개 대륙의 최고봉을 오른 등반가이자 환경운동가이며 뛰어난 기획가이기도 하다. 그는 히말라야 청소등반과 같은 의미 있는 기획을 추진하기 위해 일본 전 수상을 후견인으로 만들고, 그를 지렛대로 삼아 기업 후원을 끌어내었다. 게다가 청소등반만 하는 게 아니라 히말라야의 쓰레기를 활용해 일본 전역에서 환경 관련 강연회를 열고, 히말라야를 돕는 성금을 모금해 히말라야의 아이들을 위한 셰르파 장학재단 설립과 학교를 짓는 식으로 새로운 일들을 만들어내는 능력이 있다. 그런 능력이 있기 때문에 노구치 켄은 자기가 받은 것 이상으로 히말라야에 되돌려줄 수 있는 것이다.

인간이라면 누구나 미래를 불안해한다. 그 불안 때문에 보험이나 연금에 가입하기 마련인데 산악인들이 가는 인생길은 일반인들보다 훨씬 더 불안하다. 원정을 갔다 오고 나면 사람들이 항상 내게 묻는 말이 있다. "그렇게 자주 원정을 떠나면 가정은 어떻게 돌보느냐?"는 질문이다. 나는 엔지니어여서 그나마 다행이란 생각을 가지고 있다. 젊어서 몸으로 기술을 많이 배워두었다. 그래서 내 자신을 믿는다. 막연한 생각일 수도 있는데 굶어 죽지 않는다는 자신감은 있다. 그리고 조그만 회사도 운영하고 있기에 집에 생활비는 대주고 있다. 가족의 생계는 해결해놓고 떠나야지, 안 그러면 가정이 깨진다. 생활을 영위하는 문제와 내가 하고 싶은 일을 하는 것 사이에 균형을 이루지 않으면 안 된다. 어떤 분은 이걸 자아실현과 생계 유지 사이의 '긴장'이라 표현했다. 팽팽하게 당기는 긴(緊)과 느슨하게 풀어놓는 장(張)이 조화를 이루어야 한다는 말이다. 자아실현을 위해 생계를 팽개친다면 결국 생계가 유지가 되지 않아 자아실현을 위한 활동조차 할 수 없는 지경이 되어버릴 것이다. 역으로, 먹고사는 생계에만 묶인다면 인간으로서 삶의 의미를 잃어버릴 것이다.

긴장을 유지한다는 것은 용수철이 탄성을 유지하는 것과 같다. 탄성을 잃어버릴 정도로 너무 한쪽으로 잡아당겨서는 곤란하다. 탄성 한계를 넘어서지 않으면서 자기가 추구하는 바를 좇다 보니 지금은 등산 지도자나 아웃도어 장비점을 운영하는 것과 같이 내가 좋아하는 일을 하면서도 생계의 방편이 되는 일을할 수 있었다.

3장

내 마음의 산들

세르파들의 고향 남체바자르

지구의 용마루, 에베레스트
-죽음보다 강한 히말라야의 유혹

내가 에베레스트를 정복한 것이 아니라 에베레스트가 나를 너그러이
보아주었다.

-피터 하벨러

2000년도에 대한산악연맹에서 문화관광부 후원을 받아 한
국최초 세계 7대륙 최고봉 원정대(손중호 대장)가 꾸려졌
다. 산악연맹 차원에서는 8,000m 등반 경험이 있는 사람을 선
발해 히말라야 원정 계획을 세웠는데 우여곡절 끝에 나도 뽑혔
다. 당연히 나도 가고 싶었다. 그러던 어느 날 노모께서 장남인
나를 어느 점집으로 데려갔다. 그 점쟁이가 어머니께 "아들을
직접 불러오라"고 하셨던 모양이다. 점쟁이는 나를 보더니 심각
한 얼굴로 종이에 '필사(必死)'라고 적었다. 반드시 죽는다는 뜻
이다. 점쟁이는 나에게 "자네는 운이 다 됐다"고 했다.

아무리 미신이라도 그런 말을 들으면 기분이 좋을 리 없다.
점쟁이는 보다 구체적으로 말했다. "음력으로 4, 5, 6월에 죽는

다. 산에 가는데 물을 만나면 즉사한다"는 것이다. 히말라야의 설빙지대를 가는데 얼음이 녹으면 물이 아닌가? 크레바스에 빠지거나 거대한 얼음탑이 붕괴되거나 눈사태를 만나 불귀의 객이 된 산악인들이 얼마나 많은가? 게다가 3월 23일에 출발하는데 날짜도 안 좋다는 것 아닌가? 그러니까 점쟁이의 말은 히말라야에 간다는 게 죽으러 가는 것과 다를 바 없다는 뜻이었다. 그래서 물었다.

"제가 안 가면 안 죽습니까?"

그랬더니 안 죽는다고 했다. 그러나 나는 그 점쟁이의 말만 듣고 히말라야행을 포기할 수는 없었다. 그럼에도 점쟁이에게 불길한 애기를 들었기 때문에 '부적'이나 써달라고 했더니, 점쟁이는 나의 사주가 장기판에서 외통수처럼 피할 수 없이 진짜 죽는 사주인지라 부적이 어찌 사람 죽는 것까지 막을 수 있겠느냐고 했다. 그래도 혹시나 하는 생각에 그걸 받아서 품속에 넣고 위안을 삼고 싶었던 것이다.

나는 애써 점쟁이의 말을 무시하려고 했다. 원래 히말라야는 생과 사가 함께하는 곳이다. 히든 크레바스에 빠져 죽기도 하고, 빙탑이 붕괴되어 추락하거나 압사당해 죽기도 한다. 강풍에 날아다니는 얼음덩어리에 맞아 추락사하기도 하고, 눈사태를 만나 묻혀 죽을 수도 있다. 심지어 고산병으로 죽기도 한다. 죽음이 도처에 널린 곳이 히말라야인데 새삼스레 죽음에 대한 두려움 때문에 위축될 수는 없는 것이었다.

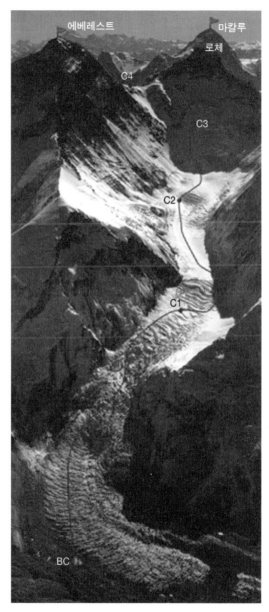

에베레스트 등반 루트

아무리 '필사'라고 해도 히말라야에 대한 나의 집착은 막을 수 없었다. 산악인이라면 누구나 에베레스트에 가고 싶어 한다. 나 또한 히말라야의 초오유 봉에 올라보니 에베레스트에 가고 싶어졌다. 그러나 히말라야는 가고 싶다고 언제든지 갈 수 있는 그런 곳이 아니다. 당시에는 입산료만 팀별로 7만 달러에다 산소까지 포함하면 우리 돈으로 1억 원이었다. 지금은 개인별로 1,200만 원정도면 에베레스트 입산이 가능하지만 당시엔 거액의 요금을 지불해야 했다. 이처럼 에베레스트 등반은 자주 찾아올 수 있는 기회가 아니었다.

그런데 때마침 내게 절호의 기회가 왔다. 그런데 죽어야 하는 운명이라니? 꿈에도 그려온 에베레스트 원정이라는 행운의 기회와 '필사'라는 불길한 예언이 새천년을 맞이하는 나에게 겹쳐서 찾아온 것이다. 그래도 나는 죽으러 에베레스트로 떠났다. 죽음을 재촉한다는데 돈까지 내며 간 것이다. 나에게 에베레스트란 그런 곳이었다.

그러나 막상 '죽음'이라는 생각을 하면서 에베레스트 원정을 준비하는 일은 하루하루가 괴로웠다. 한국을 출발하여 태국으로 향하는 비행기 안에서는 물론, 원정기간 내내 죽음이라는 단어가 내 머릿속을 떠나질 않았다.

네팔 수도 카트만두 트리부반 국제공항에 도착해 비행기에서 내리는데도 만감이 교차했다. 드디어 에베레스트에 오르는구나 하는 벅찬 기대와 더불어 죽음의 영상이 머리를 어지럽혔다.

세계 최고봉 에베레스트 원정대는 나를 포함하여 전국에서 8,000m 원정경험이 있는 대원들 7명으로 구성되었다. 대원 중에서 내가 제일 나이도 많고 체력도 약해 보였다. 나는 대원들에게 내색하지 않고 베이스캠프로 상행 카라반을 하는 도중 그곳에서 가장 오래된 사찰인 팡보체 곰파에 들렀다. 이 사찰에는 히말라야가 신앙이 되어 곰파를 지키고 있는 라마승이 계셨다. 한 번 가면 다시 못 온다는 생각에 지푸라기도 잡고 싶은 절박한 심정으로 고승과 머리를 맞대고 애원하듯 의식을 치렀다. 라마승은 정성을 다하여 경전을 염송하며 마지막이 될 나에게 부적을 만들어주었다.

나는 빨간 끈으로 고리를 만들어 부적을 몸속에 품고 죽음이라는 그림자와 함께 팡보체에서 5,300m 지점에 있는 베이스캠프로 향했다. 마음이 무거워서 그런지 히말라야 산들이 나를 냉담하게 쳐다보고만 있는 듯했다.

베이스캠프에 도착하자 현지 셰르파들이 베이스캠프 주변에 돌을 주워다 행운의 숫자인 '7'을 상징한 듯 7층 석탑으로 만든 라마제단을 공들여 쌓았다. 라마제단 앞에서 벌이는 의식 앞에 종교의 차이란 있을 수 없다. 그래야만 셰르파들이 생사를 같이하는 등반을 하게 된다. 나를 비롯해 원정대원들은 성스러운 돌탑 앞에서 무사등정과 무사귀환을 기원하는 기원제를 지냈다.

나는 내 온몸과 마음을 나의 의지에서 떼내어 신에게 의탁하였다. 어쩌면 이것이 나의 솔직한 기원이었다. 나는 "이 한 생명

히말라야의 여신에게 내맡깁니다…." 되뇌고, 또 되뇌었다. 나지막이 어머니를 불러보는 순간엔 뜨거운 눈물이 볼을 타고 흘러내렸다.

고소캠프 구축과 장비 수송을 마치고 드디어 전쟁터에 나가는 병사처럼 등반장비로 완전무장을 하고 긴장된 마음으로 라마제단을 왼쪽에서 오른쪽으로 한 바퀴 돌면서, 다시 한 번 무사등정과 무사귀환을 간절히 기원하였다. 그러고 나서 등산기지인 베이스캠프를 출발하여 최초의 위험지대인 아이스폴로 향했다.

'얼음궁전' 또는 '얼음기둥 지대'라는 아이스폴을 통과하는 것은 상당히 위태로운 길이다. 이곳은 마치 고층건물을 부숴놓은 것 같은 세락과 함께, 입을 쫙 벌리고 있는 마의 크레바스 지역에 산악용 알루미늄 사다리를 설치해 통과하는 등 곳곳에 위험이 도사리고 있었다. 발을 헛디뎌 크레바스에 빠지게 되면 그곳에서 영영 헤어나기가 어렵다. 다행히 첫 관문은 무사히 통과했다.

고소등반 일주일째 되던 날, 아이스폴 상단 오른쪽 눕체 봉에서 굉음과 함께 대형 눈사태가 일어났다. 전진 베이스캠프에 있던 나는 우리팀 셰르파가 등반하던 중이라 큰일났다는 생각에 소름이 끼쳤다. 순식간에 일어난 눈사태는 그 후폭풍으로 천지를 분간할 수 없게 되었다. 등골을 타고 흐르는 식은땀과 함께 죽음의 예감 같은 것이 나를 엄습했다. 눈사태와 함께 죽음이

히말라야에는 크고 작은 눈사태가 수시로 일어난다.

다가오고 있는 것 같았다. 게다가 변덕스러운 날씨는 더더욱 우리를 공포의 도가니로 몰아가고 있었다.

한참을 지났을까, 등반루트가 희미하게 나타나기 시작했다. 가물가물하게 자그마한 물체들이 움직였고 무거운 짐을 등에 지고 올라오는 셰르파들이 보이기 시작했다. 다행히 등반로까지는 눈사태가 미치지 못했던 것이다. 누가 루트를 처음 뚫었는지는 모르겠지만 만약의 눈사태까지 감안하여 루트를 개척한 모양이었다. 갑자기 안도의 한숨이 나오며 긴장이 풀렸다. 정말 다행이었다.

이곳 에베레스트는 한낮에는 태양의 복사열 때문에 섭씨 39도까지 올라가는 폭염이었고, 밤이면 혹한의 날씨로 변했다. 신이 대자연에 도전하는 인간을 시험하는 것 같았다.

우리 원정대는 죽음의 지대를 넘어서기 시작했다. 7,300m까지 올라간 캠프3에서 고소적응 등반을 마치고 다시 전진베이스캠프(ABC)로 되돌아왔다.

그리고 전진베이스캠프에서 기상조건이 호전될 때까지 기다렸다. 에베레스트는 쉽게 정상을 내어주지 않았다. 원정대의 1차, 2차 공격이 실패로 돌아가고 3차 공격까지 거듭 실패하자 무겁고 답답한 공기가 원정대를 누르고 있었다. 나는 극도로 피로해 말문이 막힌 상태로 지냈다. 나는 악천후뿐만 아니라 죽음의 어두운 환영과도 싸워야 했다. 4차 공격조가 다시 등반을 시작한 끝에 고도 8,000m 사우스콜에 다다랐을 무렵 남봉에서 하산하고 있는 대원들과 제네바스퍼에서 마주쳤다. 그들은 나를 보더니 "형 내려가시죠."라고 했다. 자기들 판단엔 내가 올라가는 것이 무리라고 보았던 것이다

　정상 공격을 위해 마지막 캠프인 사우스콜을 출발한 박헌주와 모상현은 악전고투 끝에 정상에 섰다. 모상현 대원의 무선교신이 날아왔다.

　"대장님 큰일 났습니다. 여기가 어딘지 모르겠지만 더 이상 오를 곳이 없습니다."

　베이스캠프와 눈물 섞인 교신을 했고 대장님 이하 전 대원의 축하 함성이 최고봉을 향해 울려 퍼졌다. 비록 나의 도전은 실패했으나 우리 원정대는 등정에 성공한 것이나. 그리고 나는 죽음의 환영을 딛고 살아남았다. 이렇게 점쟁이의 예언은 빗나갔다.

두 번이나 살아서 돌아왔다

그 후 두 번째 에베레스트 도전기회가 2006년에 찾아왔다. 더불어 죽음의 기회가 또 한 번 내게 다가왔다.

나는 마지막 캠프인 사우스콜(8,000m)까지 진출했다. 캄캄한 밤중에 공기가 희박한 곳에서 산소통에 의지한 채 올라가고 있었지만 발코니를 지나자 등반 속도가 눈에 띄게 떨어졌다. 6년 전 죽을 뻔했던 몸이 여기서 죽게 되는 건 아닌가 하는 불길한 생각이 스쳤다. 이미 7,300m 지점에서 하루 종일 힘들게 올라온 터라 몸이 마음먹은 대로 움직여주질 않았다.

등반피로가 누적되어 한 걸음 한 걸음이 천근만근이었다. 천신만고 끝에 에베레스트 남봉 8,760m 지점에 다다랐다. 정상이 눈앞이었다. 남봉에서 바라본 에베레스트 정상은 불과 몇 분이면 오를 것만 같았다. 아니, 에베레스트가 나에게 어서 오라고 유혹하고 있었다. 바로 앞에 보이는 힐러리 스텝*은 그리 어렵지 않고 단숨에 타고 올라갈 수 있을 것만 같았다. 그런데 심호흡을 몇 번 반복하고 힐러리 스텝으로 접근할 때쯤 갑자기 초

> 힐러리 스텝(Hillary step): 에베레스트 정상 도달 직전에 있는 수직 빙벽

에베레스트 등반 도중 발코니 부근에서 실종되었다가 사우스콜로 생환

흡곤란 증세가 심하게 나타나는 것이었다. 죽음의 그림자가 히말라야 에베레스트 남봉에서 매복하고 있다가 돌연히 모습을 드러낸 것만 같았다. 정상에 먼저 올랐던 곽정혜 대원은 정상에 갔다가 텐지 셰르파와 함께 힐러리 스텝을 내려오고 있었다. 텐지는 내 배낭을 열고 산소를 확인했다.

"미스터 리, 옥시즌 차이나."

산소가 없다는 말이었다. 기상이 점점 나빠지고 있었고 고산 등반 경험이 많은 텐지가 빨리 하산할 것을 종용했다. 나는 고소에서 판단이 흐려져 텐지 셰르파와 옥신각신하며 시간을 허비했다. 정상이 바로 저기 내 눈앞에 아른거리며 빨리 오라고 손짓하건만 몸은 한 발자국도 옮길 수가 없었다. 결국 정상을 코앞에 두고 돌아설 수밖에 없었으나 몸은 꼼짝달싹할 수 없는데 마음은 정상으로 향하는 모순적 상태에서 이성적인 판단을 못한 나는 훗날 두고두고 엄청난 고통에 시달려야 했다.

안자일렌*으로 고통스럽게 하산하던 어떤 시점에서 텐지가 줄을 풀고 도망치듯이 내려갔다. 기상 악화와 산소 부족으로 인해 나의 하산 속도가 너무 더딘 탓이었다.

안자일렌(Anseilen):
등반자 사이에 안전을 위해 일정한 간격을 두고 로프를 연결하여 묶고 오르는 방법

히말라야의 세찬 강풍과 혹독한 추위 속에 나는 홀로 남겨지게 되었다. 일순간 서운함과 배신감이 몰려왔다. 그러나 텐지의 판단이 옳은 것인지도 모른다. 나는 잠도 설치고 제대로 먹지도 못해 육신의 에너지가 고갈된 상태라 한 발짝 움직이는 것조차 너무 힘들고 고통스러웠다. 이런 나와 함께 하산하다간 둘 다 무사하기 어렵겠다고 판단한 것일 수도 있다. 살기 위해서는 혼자 힘으로 내려가야 하는데 몸은 술 취한 사람 같았다. 정신도 희미해져갔다. 그러다 어느 순간, 어둠 속에서 잡고 내려가던 생명줄인 고정 로프마저 놓치고 말았다.

그 순간 내 몸은 얼음절벽 아래로 추락하여 다시는 올 수 없는 황천길로 초고속으로 떨어졌다. 찰나의 순간이지만 파노라마처럼 어떤 상념늘이 스쳐 지나갔다. 아마 수 초 후엔 어느 질

벽으로 떨어져 온몸이 박살 나겠지? 그리고 어머니가 떠올랐다. 저승문에 들어서면서 "어머니 불효자인 아들 먼저 갑니다." 하고 마지막 하직 인사를 올렸다.

그렇게 얼음절벽에 부딪히며 정신없이 나락으로 떨어지다가 저승 문턱 앞에서 멈추었다. 여기가 어딜까? 이미 정신도 흐트러진 상태여서 어디가 어디인지 도저히 분간을 할 수가 없다. 8,000m 고도의 영하 40도 칠흑 같은 암흑 속에서 내 몸의 반쪽이 냉동된 상태였다. 그러나 나는 다시 정신을 차려보려고 안간힘을 다했다. 입이 얼어서 아무리 소리를 질러도 소리가 나지 않았다.

죽음에 대한 두려움도 컸지만 무엇보다 나의 꿈과 내 모든 것이 사라지는 것에 대한 안타까움과 서운함이 한꺼번에 밀려왔다. 참으로 절박했다. 시간이 흐를수록 몸이 얼어 점차 온몸이 마비되고 있었다.

'내가 과연 몇 분이나 이성을 유지한 상태로 더 버틸 수 있을까. 내가 어떻게 해야 하는가?'

내 생에 가장 힘든 시간을 맞이하고 있는데 속수무책이었다. 처절한 감정이 가슴에 대못을 박듯이 파고 들어왔다. 그 순간 캄캄한 8,000m 고도에는 나 이외에는 아무도 없었다. 오직 찢어진 우모복*을 헤치고 피부를 세차게 할퀴고 지나가는 세찬 바람만이 나의 주위를 맴돌고 있었다. 그러나 나는 여기서 주저앉을 수 없었다. 정상

우모복:
물새의 깃털로 만든
방한용 옷

을 밟지 못한 채 쓰러질 수 없었다. 그리고 다시 아들과 만나야 만 한다는 어머니를 홀로 남겨둘 수 없었다. 짐승처럼 기고, 구 르더라도 사우스콜의 텐트 불빛을 찾아 나는 살아서 돌아가야 했다. 참으로 비참했다.

얼마를 기고 굴렀을까? 점점 흐려지는 의식 속에 몇몇의 건 장한 남자들이 다가와 나를 일으켜 세웠다. 어깨 위의 얼굴은 보이지 않았다. 저승사자들이 나를 끌고 가는 것이라 생각했고 나는 마지막 발버둥을 치며 의식을 잃었다. 나는 고도 8,000m 부근에서 발견되었다. 나를 찾아 나선 이들은 사우스콜의 셰르 파들이었다. 사우스콜 캠프 막사에서 눈을 뜬 나는 만신창이가 되었지만 살아 있었다.

나중에서야 들은 얘기이지만, 한국 원정대원들은 실종된 것으로 판단하고 국내에 실종소식을 타전했다고 했다. 나를 위해 정상등정도 포기했다고 하니 만감이 교차했다. 히말라 야에서 실종은 사실상 죽음이나 다름없는 것이어서, 천신만 고 끝에 살아서 돌아왔지만 지금 생각하면 정말 천운이 아닐 수 없다.

돌아와서는 죽음의 순간을 넘나들던 기억이 되살아나 마음 을 못 잡고 한동안 우울증으로, 술로 허송세월을 보냈다. 어느 날 식탁에서 마주한 아내는 나보고 정신과에 한 번 가는 게 어 떻겠느냐고 권했다. 모든 것을 피하고 싶었고 매사에 자신이 없 어졌다. 모든 것을 잃어버린 듯한 느낌이었고 다시 일어설 수 없을 것만 같은 무기력함이 나를 매일 술독에 빠져 살게 만들었다. 그러나 시간이 가면서 다시 대지의 여신 에베레스트가 나를 불렀다. 나는 다시 그곳으로 가고 싶어졌다.

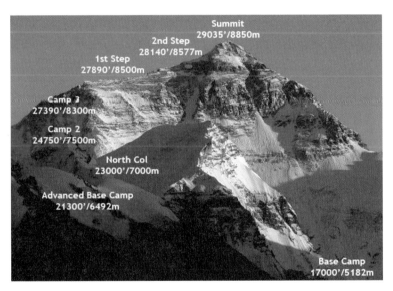

초모랑마(8,850m) 등반루트

에베레스트 삼수

돌아보면 산이 내게 가르친 것은 익숙한 것들과 이별하고 새로운 것들과 만나 사귀는 법을 경험하게 해준 것이다. 다혈질이고 모난 곳투성이였던 나를, 의지할 곳 없는 공간 속으로 내동댕이쳐 그곳에서 만나는 것들과 몸과 마음을 섞으며 더불어 살아가는 인생경험을 쌓게 해주었다. 그리하여 마침내 조금 넓어지고 용감해진 나를 '긍정하는 법'을 산이 가르쳐주었다. 그래서 떠난 자리로 돌아올 무렵이면 곁에 있는 것들을 더 많이 사랑할 수 있게 되었다.

2차 등정 실패 1년 뒤, 우여곡절 끝에 내 인생의 마지막 에베레스트 원정 기회가 찾아왔다. 에베레스트 삼수생이란 좋지않은 별명이 이때 딱풀처럼 붙었다. 다른 산악인들은 원정 한 번 만에 성공하고 오는데 나는 에베레스트 앞에만 서면 무기력해지는 것 같았다. 그러나 포기할 수가 없었다. 어쩌면 내 인생에 히말라야 원정 자체가 마지막이 될 수 있다고 결연한 생각을 하며 혼자 떠났다. 남다른 각오와 집념으로 티베트 경로의 초보당마도 이봉해 가는데 만삼이 교자했다. 공항

초모랑마(에베레스트) 북동릉 코스

관계자는 인천에서 네팔로 가는 대한항공 좌석도 비즈니스석으로 마련해주었다. 다시 못 볼지도 모르는 사람에게 마지막 선물을 주는 것 같기도 해 고마우면서도 약간 서글픈 느낌마저 들었다.

내 인생에서 8,000m 원정은 이젠 마지막이라고 마음먹었다. 에베레스트 정상은 허영심이 아니라 내 존재의 이유 같은 것이었다. 에베레스트를 향한 끌림은 깊은 본능에 의한 것이었다. 삼수 도전에 결정적인 도움을 주었던 일본 산악인 노구치 켄과 에베레스트 베이스캠프에서 만났다. 그는 비행기를 타고 라사를 거쳐 들어왔고 나는 육로를 거쳐 장무를 경유해서 베이스캠프로 들어온 것이다. 초모랑마에서는 두 번째 만남이었다. 2001년 노구치 켄과 이곳을 처음 찾았을 때는 혹독한 추위와 바람으로 견디기 힘들어서 "Never coming(다시는 오지 않을 것이다)"이라 했건만 운명처럼 다시 오게 되었다. 이렇게 이곳에서 다시 만나게 되자 "나에게 산은 신앙이요, 등산은 운명이다"라고 한 프랑스 국립 스키등산학교 조르주 파이오 교수의 말이 기억났다.

6,500m에 전진 베이스캠프가 만들어지고 순조롭게 등반이 진행되는가 싶더니 나의 쿡인 마일라가 심한 감기몸살로 텐트 안에 누워 힘들어했다. 내가 가지고 간 감기약을 먹었는데도 별 효과가 없었다. 일본팀 대장인 노구치 켄은 나를 보더니 마일라가 몸 상태가 안 좋아 보이니 카트만두로 내려보내라는 눈치를 주었다. 마일라에게 물었더니 그는 미안한지 고개를 떨구고 말

이 없었다.

마일라와 나는 정말 각별한 사이였다. 2006년 에베레스트에서 죽다가 살아 돌아온 고소캠프에서 만신창이가 된 나를 보더니 마일라는 나의 불운에 눈물 흘리며 진심으로 슬퍼했고 내 입에 죽을 떠 넣어주며 수발을 해준 진실한 벗이었다. 항상 그가 만들어주는 음식을 먹고 등반을 했는데 마일라가 몸져누워버리니 나도 가슴이 아팠다. 나를 온몸으로 도와준 사람인데 여기서 헤어진다고 생각하니 눈물이 났다. 등반이 끝나도 현지인을 만나는 것이 쉽지 않은데 왠지 영영 이별이라는 섭섭한 마음이 들었다. 그러나 가슴 아팠지만 마일라를 카트만두로 내려보낼 수밖에 없었다.

그 후 나는 고용된 셰르파와 함께 노스콜을 향해 내 운명의 등반로를 따라 계속 올라갔다. 미국 레스토랑에서 일하다 왔다는 밍마 셰르파는 내가 여태껏 경험했던 셰르파와는 사뭇 달라 보였다. 나와 등반을 함께한다기보다는 항상 먼저 올라가라고 나를 버리듯이 보내놓고, 한참 있으면 고소 포터*처럼 뒤따라 캠프에 합류했다. 좀 서운하기도 했지만 쿡인 마일라도 없는 상태에서 밍마마저도 나를 외면해버린다면, 셰르파 의존도가 높은 에베레스트 등반에서 치명적이 될 수 있었기 때문에 내가 적응할 수밖에 없었다.

포터(Poter) :
원정 등반에서의 짐꾼으로, 베이스캠프까지만 짐을 나르는 저소 포터, 베이스캠프 이상 고소캠프까지 짐을 나르는 고소 포터로 나뉜다.

노스콜까지 고소등반의 과정을 마치고 캠프3까지 순조롭게 진출했다. 그러나 갑작스런 기상 이변으로 정상도전을 하루 앞둔 날 폭풍설에 갇혀버렸다. 밍마와 나는 조그마한 텐트 안에서 오도 가도 못하는 창살 없는 감옥에 갇힌 신세가 되었다. 회오리성 폭설은 텐트플라이까지 찢어놓았고, 마치 스키장의 제설기처럼 눈을 텐트 안으로 밀고 들어왔다. 이번에도 등반이 실패로 끝나는가 하는 불안감에 자꾸만 텐트 밖을 나가보았지만 눈보라는 그칠 생각을 하지 않았다. 캠프4에 가기로 한 날짜가 기상 때문에 하루 정도 지연되었다. 아무리 훌륭한 등반가라도 기상이 받쳐주지 않으면 등반이 불가능한 곳이 히말라야에 있는 산들이다. 옆에 있던 밍마 셰르파도 안달이었다.

그렇게 불안과 초조에 떨고 있는데 오후에 갑자기 날씨가 좋아졌다. 천지개벽이 일어난 것처럼 주변이 다 열렸다. 기회가 찾아온 것이다. 주저할 것 없이 배낭을 챙겨 캠프4로 향했다. 고도를 올릴수록 숨이 막혀 움직이는 것 자체가 고통의 연속이었다. 고도 8,400m의 마지막 캠프에 도착하자 나의 클라이밍 메이트 밍마 셰르파는 내가 저녁 늦게 등반을 나선다고 하니 간식이라도 먹어두라고 말해줬지만 사실 먹을 만한 것도 별로 없었다. 겨우 물만 마시다가 그들이 먹는 짬바를 같이 나누어 먹었다. 짬바는 내가 정상으로 가기 위해서는 꼭 필요한 영양식이었다. 살아서 돌아가려면 먹어야 했다. 며칠

세수도 못하고 지저분한 손으로 반죽을 해서 만들어주는 짬
바를 나는 아무 생각 안 하고 생존을 위해 산짐승처럼 받아
먹었다.

짐을 운반 중인 티베트 포터

고요의 바다에 우뚝 서다

2007년 5월 17일 밤 9시, 캠프4(8,400m)를 출발하여 초모랑마 정상을 향해 로프를 타고 곡예하듯 넘어갔다. 조금 서먹서먹하던 밍마 셰르파가 여기서부터는 내 곁에 붙어 함께 챙겨주며 등반을 같이 해주었다. 졸음과 추위에 시달리며 무거운 발걸음을 옮기는데 동행한 밍마 셰르파는 쉬지 말고 계속 걸으라고 재촉했다. 나는 밤새도록 고정 로프에 매달리면서 하염없이 걸었다. 악마의 이빨이라고 부르는 세컨 스텝을 힘겹게 넘어서고 죽을 힘을 다해 쥬마링*을 계속해나갔다. 초모랑마 등반루트 중 정상으로 가는 길은 8,000m 릿지등반길이다. 삼중화*에 12발 아이젠*이 에베레스트 바위 턱에 부딪히면 부싯돌처럼 섬광이 일어나기도 하고 깊은 심설 속을 걷다가 넘어지기도 한다. 그럴 때마다 헛발질한 것처럼 타이어 바람 빠진 것처럼 힘이 쭈욱 빠져버린다.

쥬마링(Jumaring):
로프에 손잡이 달린 장비를 손으로 당기며 올라가는 모습

삼중화(3중화):
신발이 세 개가 덧대어져 방수 방한 기능이 우수하다.

아이젠(Eisen):
'뾰족한 쇠붙이'란 뜻의 독일어로 '슈타이크 아이젠'의 약칭이다. 겨울 산행 시 빙판을 걷기 위해 등산화에 부착하는 장비다.

산소가 지상의 3분의 1밖에 안 되는, 8,500m 정상 부근에서 시시각각 조여오는 죽음의 그림. 예측불허의 자연 속에서 로프에 몸을 의지한 채 밤을 지새운다. '졸면 안 된다, 졸면 안 된다, 졸면 죽는다'고 끊임없이 속으로 주문을 외면서도 깜박 잠이 들어버린다.

나는 꿈속에서 동료들과 함께 따뜻하고 안락한 방에 앉아 담소를 나누고 있다. 후배들과 함께 나란히 앉은 원형 탁자 위에 쓴 소주잔을 기울이며 인생을 논하기도 하고, 부모 걱정을 토로하기도 하고, 노후 인생을 전망하기도 한다.

몸은 마비가 되어 움직일 수 없고, 물 한 모금 먹지 못해 목이 탔으며, 숨쉬기가 힘들어 말도 나오지 않는다. 암흑 속에서 그렇게 꼬박 10시간 동안 자다 깨다를 반복하며 죽음의 공포와 싸웠다. 얼마나 흘렀을까.

어느 순간, 눈을 뜨자 구름 사이를 뚫고 아침 햇살이 환하게 나를 비췄다. 빛 속에서 발산한 에너지가 온몸으로 들어오는 느낌이다. 아래를 보니 주변이 온통 구름바다를 이루고 있다. 그 순간 대자연의 경이로움 앞에 그저 말문이 막힐 뿐이다.

'아, 이제 해냈구나.'

해가 구름 사이를 뚫고 사방을 비추면서 그 에너지가 온몸으로 들어오는 느낌을 받는다. 밤새 얼었던 몸이 풀리고, 온몸에 피가 새로 도는 것 같은 느낌. 생명을 갖게 한 이 햇살이 얼마나 반갑고 고마운지 모른다. 잠깐 위를 올려다보니 정상이 눈앞에

초모랑마 정상에 서다.

있다. 마비된 몸을 조금씩 움직여보니 신기하게도 몸이 깨어나면서 기운이 돋는다. 얼마 남지 않은 정상을 기어서 오른다. 그리고 정상에 닿는 순간, 설산에 저절로 머리가 숙여졌다. 순간 이것은 현실이 아닌 꿈이라는 생각이 들었다. 움직이는 것이라고는 구름뿐. 사방 천지는 온통 고요와 적막 그 자체다. 그렇게 평화로울 수 없었고, 그것은 하나의 기적이었다.

성취감에 산 사나이의 뜨거운 눈물이 흐른다. 에밀 자밸은 그의 저서 『어느 등산가의 회상』에서 이렇게 말했다. 어떤 깊고 저항하기 어려운 본능 때문에 인간은 자신을 높이면서 오르고 또 오르고 끝없이 오르기를 원하고 항상 최고의 봉우리를 남몰래 사랑한다고. 그렇다! 나 자신도 최고봉을 오르고 싶어 세 번째 도전장을 냈고 이제 그 정상에 오른 것이다.

정상 등정의 기쁨도 잠시, 남은 체력으로 하강한다. 피로가 밀려와 자꾸만 쉬고 싶어진다. 이것이 하강의 어려움이다. 노스콜에서 죽음 같은 하룻밤을 자고, 다음 날 전진캠프로 내려가 하루 휴식을 취하고 베이스로 귀환했다. 때론 인간은 가장 나약하면서도 가장 강하다는 것을 온몸으로 체험한 등반이었다.

신은 나를 외면하지 않았다. 정상등정을 마치고 안전지대인 전진캠프에 내려오니 반가운 소식 하나가 들려왔다. 다름 아닌 마일라가 베이스캠프에서 나를 기다리고 있다는 것이다. 가족 생각도 많이 났지만 너무나 인간적인 마일라가 보고 싶어졌다.

'고난과 역경이 우리 인생에 있어서 아름다운 이유는 그 속에서 발견하는 오아시스와 같은 배움이 있기 때문'이라고 『어린 왕자』의 작가 생텍쥐페리는 말했다. 히말라야도 오아시스를 감춰두고 있다. 고난과 고통을 극복했을 때 맛보는 기쁨의 샘. 이번 등정을 통해 나를 긍정할 수 있었고 나에게 기회를 준 히말라야에게 무한히 감사할 수 있었다. 히말라야 등반과정에서 극한상황을 만날 때마다 오해받는 일도 있었고 나를 힘들게 하는 일도 있었지만 결국 히말라야가 감추어둔 오아시스에서 지상 최고의 배움의 샘물을 맛보고 새로운 인간으로 재탄생된 후 문명세계로 무사귀환한 것이다.

히말라야는 나이를 묻지 않는다

히말라야에 등반 수명이 있는가. 지금의 세계 산악계는 아니라고 답한다. 한 예로 오스트리아 등산가 헤르만 불과 브로드피크를 초등하고, 불의 마지막 원정인 초골리사를 함께 등반한 오스트리아의 쿠르트 디엠베르거는 칠순이 넘은 나이에도 낭가파르바트에서 등반을 하고 있었다. 한국보다는 히말라야에 앞서 진출한 가까운 일본의 경우에도 50세 이상의 7,000m급이 넘는 고봉 등정자가 수두룩하다.

여기에 비춰보면 한국의 히말라야 등반 수명은 길어야 40~50대에서 끝이 난다고 해도 과언이 아니다. 40~50대면 한창 등반할 나이지만 원정을 몇 번 오고 가는 과정을 겪고 나면 대부분의 히말리스트들은 현실적인 삶의 방편을 찾아간다. 그러고 나면 히말라야 등반은 다시는 경험하기 힘든 젊은 날의 추억 정도로 남고 만다.

30대 후반부터 늦깎이로 본격적인 산악활동을 시작한 내가 가셔브룸2봉 원정을 떠날 때 나이는 쉰다섯 살이었다.

흔히들 나이는 숫자에 불과하다고 한다. 나도 그렇게 믿고 있다. 그러나 고산 등반에서 나이란 단지 숫자에 불과하다고 말하기 어렵다. 아무래도 젊은이들보다 체력 면에서 밀리기 때문이다. 그러나 강도 높은 훈련을 통한 꾸준한 체력관리가 받침이 된다면 세계의 다른 고령 산악인들과 같이 얼마든지 고소 등반에 도전할 수 있다.

경남 산악계에는 여러 원정에서 대장 직책을 맡아, 주변의 선후배들이 으레 대장이라 부르는 이들이 몇 사람 있다. 조형규 대장도 그들 중에 한 분이다. 대장으로 나선 등반마다 성공적으로 끝나 후배들이 '성공 대장'이라고 부르는 사람이다. 이미 함안에서 약국 경영을 오래 해온 사람이지만 그를 두고 아무도 조 선생님이라 부르지 않는다. 찾아오는 이들마다 대장이라 부르니, 이제는 동네사람들도 조 대장이라고 부를 정도이다.

조형규 대장은 27세 때인 1976년 당시, 이미 병리학에 의거한 약학 관계 저서를 펴냈고 약대생들 상대로 강의도 했다고 한다. 함안군 인구가 그리 많지도 않은데 그의 약국 크기가 서울의 약국만 했다. 마산, 부산 등지에도 그의 고객이 많이 있다고 한다.

산꾼들 사이에서 그의 약가방은 유명했다. 고산 원정에 필요한 약품 수십 가지를 챙겨 원하는 원정대마다 약품을 지원해왔기 때문이다. 골동품 같은 그의 플라스틱 약가방은 해외원정 횟수만 해도 이미 20회가 넘을 정도이다. 조 대장은 4남 1녀 중 장남으로, 나도 마찬가지로 장남으로 태어났다.

우리가 여느 대장들과 다른 점이라면 젊은 대원들 못지않은 등정의욕을 줄곧 보여왔다는 점이다. 결국 우리 두 사람은 일을 저질렀다. 1999년 파키스탄 카라코룸 산맥의 8,000m급 거봉인 가셔브룸2봉(8,035m)을 함께 등반하기로 한 것이다. 우리 두 사람은 '99한국 가셔브룸2봉 원정대'를 꾸리며, 이번만큼은 원정대장이 아닌 홀가분하게 대원으로 참가해 등반에 열중하기로 했다. 원정대에 대원으로 참가했다고 했지만, 실은 이병갑 대장까지 세 사람이 각각 2천만 원 안팎의 경비를 모아 원정대를 꾸렸다.

　'세월은 우리의 주름살은 늘게 하지만, 열정을 가진 마음을 시늘게 하지는 못한다'면서 '영원한 청춘으로 남으려 한다'고 원정계획서 취지문에서 강렬히 등정 의도를 암시했던 이병갑 대장이었건만, 나이 많은 대장급 후배들의 등정 뒷바라지에 노심초사하던 끝에 그만 배탈이 나고 만 것이다. 매사에 그릇됨이 없는 이병갑 대장의 불운에 조형규 대장과 나는 미안해서 면목이 없었다. 그러나 이병갑 대장은 "나까지 욕심 부리면 원정대에 무리가 올 것"이라면서 베이스캠프에서 라면이나 냉면 같은 음식을 손수 만들어주었다. 이 대장에게 언젠가 한 번은 보답해야겠다고 우리 두 사람은 다짐했다.

　1차 공격에서는 강풍에 밀려 캠프3로 후퇴하게 되었다. 6,900m인 캠프3에 홀로 남은 나는 고갈되어버린 체력을 추스르며 재도전 의지를 불태웠다. 이대로 무너질 수는 없었다. 나는 몇 년 전 백발이 성성한 몸으로 8,000m급 봉우리를 몇 개씩이나 올랐다는 외국 산악인을 떠올렸다. 그는 내 귓가에 "나이는 숫자에 불과하다"고 속삭이며 내게 강한 등반욕과 자신감을 심어주었다. 그리고 이틀 후 나는 젖먹던 힘까지 짜내어 정상에 올랐다.

이렇게 조 대장과 나는 뜻하지 않았던 기록을 세웠다. 조 대장의 경우는 한국 최고령 8,000m급 고봉 등정 기록이며, 나는 50대에 들어서서 8,000m급 거봉 두 개를 오른 한국인으로 기록되었다.(최초는 성균관대산악부OB 한상국 씨이다.) 경남 지역에서 8,000m급 거봉 2개 등정 체험자로는 최고령인 셈이다.

물론 조 대장과 나는 이런 시시콜콜한 기록에는 신경도 쓰지 않았다.

"그야말로 속 시원히, 하고 싶은 등반을 했을 뿐이지, 뭐."

"기록이는 뭐든 신경 쓰지 않고, 오로지 하고 싶은 등반을 마음껏 해볼 수 있어 기분이 날아갈 듯 좋기만 하구만."

내가 1995년 당시 돈으로 수천만 원의 사재를 털어 성사시킨 초오유 원정은 양산 지역에서는 최초의 히말라야 원정이었다. 그때 나는 등정자 네 명 중 가장 고생스레 정상에 오른 편이다. 고소증이 수시로 밀려왔고, 캠프를 하나씩 오를 때마다 입술이 터지기 일쑤였다. 이에 반하면 가셔브룸2봉 등반에서는 고소증에 시달려 식사를 못하거나 잠을 못 이루거나 하는 고통스런 시간은 별로 느끼지 못한 것 같다. 그렇다고 쉬웠다는 뜻은 아

G2 성상에서 브라실 산악인 꽐느나루와 함께

니다. 원정 50일 만인 7월 10일에 정상에 올랐지만 등정을 전후
한 며칠간을 회상하면 아직도 힘든 기억이 새록새록 떠오를 정
도였다.

▲▲▲

우리 원정대는 1999년 5월 22일에 출국하여, 6월 7일 베이스
캠프에 도착하였다. 가셔브룸2봉 베이스캠프에는 우리팀밖에
없었다. 우린 캠프를 구축했고, 장기등반에 대비해 식량과 장비
목록을 재정비했다. 날씨 악화로 며칠 허비한 뒤인 6월 17일이
에야 제1캠프를 건설할 수 있었는데 이게 장난이 아니었다. 한

국에서 출발하기 전에 경험이 많은 장봉완 대장이 일부러 김포에 있는 숙소로 찾아와서 가셔브룸2봉은 캠프1을 뚫는 게 최대의 난관이 될 거라고 조언해주었다. 캠프1만 구축되면 등반은 성공 확률이 높을 거라고 했는데, 아니다 다를까 중간 히든 크레바스와 아이스폴 지대가 워낙 험악하여 세 번 시도한 끝에 가까스로 캠프1로 진출하는 데 성공할 수 있었다.

캠프1을 구축한 이후에는 전남팀과 함께 루트 작업을 했다. 기존의 고정 로프가 폭설에 모두 묻혀버려, 전남팀의 것까지 합하여 총 1,000m 정도나 되는 고정로프를 캠프1~캠프2 구간에 설치해야 했고, 그 후 캠프3까지 또 800m를 더 깔았다. 이 고된 등반루트 작업을 하는 과정에서 눈사태도 만났고 대원이 추락하는 사고를 겪기도 했다. 다행히 치명타는 피했지만 너무 힘들었다.

파키스탄 지역의 고소 포터들은 말 그대로 포터로서 짐만 나를 뿐, 루트 작업을 도와주지는 않는다. 때문에 대원들의 고생이 네팔 쪽에 비해 한결 심했다. 그러나 내 힘으로 해냈다는 데서 보람은 한결 더 컸다.

고소증도 간간이 찾아왔지만 초오유 원정 당시에 비하면 아무것도 아니었다. 1997년 남미 아콩카구아와 아프리카 킬리만자로를 등정하며 꾸준히 고소 적응 등반훈련을 해둔 덕이었다.

캠프4에 도달한 이후에는 갑작스레 컨디션이 떨어져 캠프3으로 후퇴했다. 그런데 갑자기 날씨마저 악화되기 시작한 것이다.

모두들 베이스캠프로 하산했고, 지친 나만 캠프3에 남아 쉬기로 했다.

그런데 이것이 전화위복이 되었다. 그날 저녁 경남팀의 고정 로프를 거저 사용한 걸 미안해하던 스페인 오스카(원정대장)원정대 대원들이 돼지고기와 비스킷 등을 나에게 대접했고, 이 음식을 맛있게 먹고 난 다음 날 아침 갑자기 몸이 거뜬해지는 느낌이었다. 마침, 전날 캠프3으로 올라온 전남팀 대원 세 명과 캠프4로 전진하여 텐트 한 동을 설치한 뒤 하룻밤을 보낸 나는, 내처 전남대팀의 이종승 대장과 함께 등정에 성공했다. 새벽 2시 40분 캠프를 떠나 차이나릿지의 급경사 설벽을 지나 9시간 만에 정상에 선 것이다.

먼저 정상에 오른 이종승 대장이 하산하는 바람에 정상에서 2시간 동안 브라질 원정대원들을 기다려 등정 사진을 촬영한 다음, 캠프4로 내려가 나는 깊은 잠에 빠졌다. 그런데, 그날 밤부터 악천후가 몰아닥쳤다. 자고 일어나니 폭설에 텐트가 찌부러져 있었다. 무전기를 가진 이종승 대장을 비롯해 다른 사람들은 전날 모두 하산한 뒤였다. 이대로 있다가는 죽겠구나 싶어서 하산을 서둘렀다. 폭설에 묻힌 고정로프를 간신히 찾아냈지만 얼어붙어서 하강기가 무용지물이었다. 하는 수 없이 로프에 카라비너(안전고리)만 통과한 채로 급경사벽을 힘들게 내려섰다. 워낙 구름이 두터워 대낮인데도 발아래가 잘 보이지 않았고, 눈보라가 밑에서 치밀어 올랐다.

여섯 시간쯤을 고생한 끝에 따끈한 차를 상상하며 캠프3에 다다랐지만, 아무도 없었다. 텐트마다 뒤져보았지만 먹을 것이 없었다. 하는 수 없이 다시 폭설을 뚫고 캠프2까지 하산했다. 몸 속 에너지는 고갈된 상태였다. 고산 등반은 이래서 하산 중에 사고가 많이 난다.

등반은 이렇듯 힘들었지만 대원들의 힘으로, 서로 양보도 하는 미덕도 보이며 좋은 분위기 속에서 등반이 이루어졌기에 크게 만족스러웠다. 그리고 앞으로 있을 파키스탄 고산 등반 시 요긴한 여러 정보를 직접 수집할 수 있었다는 점에서도 큰 의미가 있었다.

▲▲▲

나는 중년의 나이에 히말라야에 빠진 늦깎이 산악인이지만 산을 향한 열정은 누구 못지않게 뜨겁게 간직하고 있다. 의기투합만 되면 주머니를 털어 언제든지 원정대를 꾸릴 수 있다는 자신감과 여유, 그리고 철저한 자기 관리, 이는 분명 산꾼에게 평생 산행을 허락해줄 '느림의 미덕'이라고 할 수 있다.

반짝이는 얼음창고, 히무룽
-설레는 출발

할 수 있거나 꿈꿀 수 있는 게 무엇이건 당장 시작하라. 대담성에는 천
재성과 힘과 마법이 들어 있다.

-괴테

얼음창고라는 별명을 갖고 있는 히무룽 등반은 한국인 최
초 등반이라는 각별한 의미를 갖고 있었다. 세계 최고봉
에베레스트를 등정이라는 통과의례를 치른 나는 이제 남들이
가지 않은 나만의 길을 찾아 떠나고 싶었다.

2010년 봄 시즌, 한국 초등을 목표로 한 히무룽 원정대가 네
팔 수도 카트만두에 도착했다. 예나 지금이나 크게 변한 것 없
는 카트만두 타멜 거리. 골목에 들어차 있는 상점들 앞에는 향
냄새로 가득했다. 우리는 삼사라호텔에 3일을 체류하면서 설렘
속에 바쁜 나날을 보냈다. 나와 두 대원을 빼고는 대부분이 히
말라야가 초행길이었다. 2톤이 넘는 식량과 장비를 버스와 트
럭에 나누어 싣고 현지 고용인들과 함께 출발하는 모습이 근래

보기 드문 대규모 원정대였다.

"야, 이거 마치 무슨 군사작전처럼 보이지 않냐?"

알파인 스타일(Alpine style) :
유럽 알프스의 등반 방식을 히
말라야에 적용시킨 것으로, 소
규모 등반대가 최소한의 장비
와 식량을 직접 짊어지고 정상
까지 최대한 빨리 등반하는 방
식이다.

"그러게. 요즘 등반대는 거의 알파인 스타일*이라서 이렇게 대규모 원정대는 좀 구식이지."

"그래도 우리 신참들에게 히말라야 등반 경험을 쌓도록 하기 위해서 이런 '극지법' 방식의 원정대를 꾸린 거라네."

히무룽 베이스캠프

▲▲▲

이른 아침부터 서둘러 출발한 원정대는 네팔 제2의 도시 포카라(820m)로 가는데 교통체증이 너무 심했다. 히무룽 등반보다 히무룽까지 가는 길이 이다지도 아득하다니…. 말이 국도지 우리나라 시골 지방도로보다도 못한 수준이었다. 대책 없이 늘어나는 차량들로 인해 네팔도 교통체증이 심각한 수준이다. 무려 세 시간 정도 꽉 막혀 있다가 조금씩 풀리기 시작했다. 내 눈에 이 현상은 서구적 근대화의 물결이 급속히 밀어닥치는 데 따른 병목 현상처럼 보였다. 조상 대대로 순박하게 살아가던 네팔 공동체가 자본주의적 시장경제에 의해 침윤되면서 허물어져 내리는 고통스런 시간이기도 한 것이다.

교통체증에 지친 원정대는 인도로 가는 삼거리 무글링에서 가던 버스를 멈추고 점심을 먹으러 근처 식당을 찾았다.

"무얼 먹어볼까?"

"여기는 우리나라 기사식당 같은 곳이라 특별히 골라서 먹을 메뉴가 없어. 그냥 네팔 전통음식인 달밧으로 해. 그게 제일 무난하니까."

"그런데 이거 그냥 손으로 먹는 거잖아요."

"그래, 손으로 먹어. 네팔에 왔으면 네팔식으로 먹어야지. 손으로 먹어야 제대로 느끼며 먹는 거야."

"왼손을 쓰면 안 돼. 똥 닦는 손으로 밥을 먹으면 사람들이 이상하게 볼 걸?"

"이야~. 좀 어설프긴 하지만 손맛도 괜찮은데요?"

"이렇게 먹으니까 마치 원시인 같잖아?"

"어허! 손으로 먹는다고 미개인이라고 생각하면 오산이야. 그
건 하나의 문화일 뿐이니까 존중해줘야 해."

"그런가요?"

"그래, 손으로 먹는 음식 문화는 인도 문화권에서는 보편적인
거야. 이 사람들은 오히려 숟가락이나 포크로 먹는 게 더럽다고
생각하거든."

"왜요?"

"왜긴? 숟가락이나 포크는 다른 사람이 쓴 거라는 거지. 그래
서 부정(不淨)하다고 느끼는 거야."

"그러니까, 자기 손이 제일 깨끗하다?"

"그렇지, 그것도 오른손!"

"맞아, 맞아! 하하!"

"손의 용도가 딱 구분되어 있어. 뒤처리하는 손과 밥 먹는 손
으로. 밥 먹을 때마다 이 사람들은 손을 깨끗하게 씻어. 그러니
까 우리보다 손이 더 깨끗하지. 그러니까 질병 예방도 된다니
까?"

"숟가락은 아예 안 주나요?"

"달라면 주겠지만 숟가락이나 포크의 쇠 맛같이 비자연적인
맛을 배제해야 음식의 제맛을 느낄 수 있다고 보니까 가능한

안 쓰는 거야."

"달밧 식사 한 끼로 인도 문명의 정신을 배우는 거로군요."

포카라 방향으로 가다가 둠레(Dumre)에서 우측으로 접어들었다. 여기서 풍경은 확연히 바뀌었다. 람중히말 지역으로 들어가는데 우리나라 시골농촌과 똑같은 들판이 펼쳐졌다. 왠지 농촌의 평온한 모습에 정감이 갔다. 봄날 오후의 노곤함이 찾아와 졸렸지만 눈부신 봄 햇살에 흔들리는 옥수수 이파리가 어떤 시적인 그리움으로 나를 빠져들게 했다. "나는 온몸에 햇살을 받고/ 푸른 하늘 푸른 들이 맞붙은 곳으로/ 가르마 같은 논길을 따라 꿈 속을 가듯 걸어만 간다" "지금은 남의 땅, 빼앗긴 들에도 봄은 오는가"라고 부르짖었던 이상화의 시처럼 네팔의 순수한 자연이 자본주의적 근대화로 그들만의 봄조차 빼앗기고 있는 것만 같아 감상적인 기분이 들었다.

버스로 6시간 정도 달렸을까? 지분거리는 듯한 네팔 근대화의 느끼함으로부터 벗어나려는 지루한 하루였다. 원정대는 베시샤르라고 하는 안나푸르나 라운드 트레킹의 시발점이자 대형버스의 종점인 산간마을 공터주차장에 가까스로 도착했다. 여기서 마을버스에 마지막 짐을 싣는 모습을 지켜보고 주민들과 함께 콩나무 시루같이 엉겨 붙어 불푸레(840m)로 출발했다. 울퉁불퉁한 비포장길로 이어지는 험로를 흔들거리며 마찬가지로 순박하고 투박한 산골 마을 사람들과 어울려 시끄러운 음악과 곡예를 하듯이 약 1시간 정도를 올라가 불푸레 게스트하우스에 도달했다.

드디어 문명의 이기, 탈것들로부터 벗어났다. 우주로켓으로 치면 비행기-대형버스-마을버스로 이어지는 제3차 연료탱크의 분리 이후 본체가 궤도에 진입하는 순간이었던 것이다. 5년 전 안나푸르나 라운드 트레킹 때 묵었던 게스트하우스에서 주인장과 인사를 나누고 짐을 푼 뒤 투어리스트 체크 포스트*에 들러 입산 신고를 마쳤다.

체크 포스트:
입산 신고를 하는 곳

상행 카라반이 시작되다

"**야!** 비 한 번 멋지게 내리네."
오후면 어김없이 내리는 히말라야 빗줄기가 점점 굵어지고, 많은 양이 한꺼번에 쏟아졌다.

"야, 야! 꾸물대지 말고 카고백 안 젖게 방수천으로 덮어라."
우리는 마당에 쌓아놓은 카고백을 방수천으로 덮으랴, 주변 정리하랴, 분주한 시간을 보내고 카라반 첫날 밤을 보냈다. 내리는 빗줄기는 더욱 굵어지면서 게스트하우스 지붕을 두드려댔다.

"대장님요, 마치 이 빗소리가 우리 카라반의 대장정 전주곡을 연주하는 것 같네요."

"그래, 카라반 내내 이런 폭우를 여러 번 겪을 거다."

시원하게 쏟아지는 비와 천장을 두드리는 비의 연주 소리를 들으며 대원들은 2층 계단 입구에 두런두런 히말라야의 정취에 젖어들었다.

비온 뒷날은 상쾌한 아침이었다. 이제부터는 걸어야 한다. 쿰부히말과는 달리 이곳은 지역 특성상 야크를 쓰지 않고 말과 당나귀의 잡종인 동키와 짐꾼을 써야 했다. 서른네 마리의 동키에 원정대 짐을 나누어 싣고 17명의 짐꾼은 사다[*]가 지정해준

카고백을 메고 따로 출발했다. 옷차림이 남루하고 맨발에 슬리퍼를 신고 가는 모습이 안쓰럽기 짝이 없었다.

"저렇게 바짝 여윈 사람이 카고백을 두 개씩이나 메고 가네?"

"그것도 베이스캠프까지 계속 고도를 높여가며 8일간이나 올라가지."

"하이고야! 돈 주고 고용했다지만 양심이 좀 찔리네…."

"그래도 너도나도 짐꾼을 하려고 줄을 선다네. 짐꾼으로 일해서 받는 돈이 커다란 수입원이라니까."

"그래도…."

"그러면 카코백을 다시 정리해서 짐의 균형이라도 좀 맞춰주든가."

히말라야 등반에서 필수불가결한 이들 짐꾼을 '쿨리(coolie)'라고도 한다. 그런데 이 말은 꽤나 모욕적인 의미를 내포하고 있다. 쿨리는 원래 힘든 일을 한다는 고력(苦力)에서 유래되었는데, 2차 세계대전 이전 서양사람들이 중국 노동자들을 멸시해서 부르던 말로, 짐꾼이나 인력거꾼들을 이렇게 불렀다. 그러다 유색인종 일반을 쿨리라고 부르게 되었다. 서양인들이 유색인종을 종으로 대하는 인종적 시각이 반영된 말이기에 나 또한 서양인들의 시각에서는 '쿨리'인 것이다. 그러니 유쾌할 리가 없

히말라야에서 자주 만나는 서스펜션 브릿지(출렁다리)

다. 나는 쿨리라는 말의 유래를 알고 난 후 이 말을 쓰지 않는다.

히말라야는 신들의 땅으로 불리기에 원정대원들은 이제부터 가려야 될 것도 많고, 참아야 될 것도 많다. 이번에 참가한 원정대원들은 국내에서는 나름 이름이 있는 대원들이지만 한두 사람 빼고는 대부분이 히말라야 원정 경험이 없는 대원들이었다. 나는 대원들에게 히말라야 산속을 걸어가면서 세 가지 원칙을 숙지하라고 강조했다.

"내 다시 한 번 얘기하지만 히말라야에서는 천천히 먹고, 천천히 걷고, 천천히 생각해야 된다. 이 세 가지 원칙은 다 경험에서 나오는 이야기라."

"예, 잘 알겠습니다. 대장님."

"그래, 명심해야 된데이. 우리나라 사람들은 특히 성질이 급해서 천천히 한다는 게 익숙하지 못한 사람들 아이가? 그래서 즐거워야 할 히말라야 능반을 망치는 수가 종종 있는 기라. 알겠나?"

"예, 알겠습니다. 대장님!"

빙하가 녹아 굉음을 내며 흘러내리는 마르샹디 강을 끼고 와이어 로프로 매단 서스펜션 브릿지(출렁다리)를 이용해서 몇 번을 건너뛰어 작은 산간마을로 이동했다. 1,310m 고지에 있는 바운단다라는 고갯마루에 자리 잡은 마을이었다.

"와 이리 덥노? 히말라야는 건조하고 추운 곳이라 카더만?"

"여기는 상대적으로 저지대라 습도도 높고 후텁지근한 곳이다."

"고마 숨이 턱턱 막히네."

천천히 걸어올라 바운단다에 도착했다. 왔던 길을 되돌아보니 별천지나 다름없었다. 때마침 상큼한 바람이 불어왔다.

"하이고야! 시원타."

"이게 카라반의 묘미 아니겠나."

히말라야의 본격 등반은 5,000m 고지에 설치하는 베이스캠프로부터 시작된다고 할 수 있지만 실은 히말라야의 산자락에서부터 등산이 시작된다. 모든 길들이 자기 나름의 정체성을 갖고 있으면서 히말라야를 구성하고 있는 것이다.

옷가지와 양말을 챙겨 배낭에 매달고 바운단다에서 내려서는데 크고 작은 폭포를 자주 만났다. 네팔은 남미의 브라질 다음으로 수량이 풍부한 국가다. 산길 주변엔 크고 작은 물줄기가 폭포를 이루고 있다. 산허리를 몇 번이고 오르고 내림을 반복하고 감돌아서 시골 논두렁 같은 길을 가는데 우측 건너편에 거대한 폭포가 나타났다. 상게 계곡에서 내리꽂히는 111m의 장대한 폭포였다.

"와! 죽여주네! 이 폭포 이름이 뭐고?"

"뉴워터폴."

"뭐라? 그러면 그냥 새 폭포라는 말 아이가?"

"그래. 쿨하지?"

"우리나라 같으면 천지연폭포다 뭐다 해서 거창하게 이름 붙일 긴데, 너무 싱겁네."

"여기는 폭포가 너무 많다 보니 그냥 모두 워터폴이라고 부르는 거야. 아이들 많은 집에 일남이, 이남이, 삼순이… 하듯이 그렇게 부르는 거지."

"쩝, 내 이름을 붙여줄까?"

"됐네, 이 사람아."

상게 빌리지의 오후엔 또다시 장대비가 쏟아졌다.

"계속되는 상행 카라반으로 많이 피곤하지?"

"아닙니다!"

"그래? 체력 하나는 대단해. 그냥 퍼질러져서 쉬고 싶은 사람도 있겠지만 땀에 젖어 소금기가 배어 나온 몸으로 그냥 지낼 순 없잖아? 폭포수 목욕 어때?"

"예! 좋오~습니다!"

우리는 히말라야 폭포수가 쏟아지는 다리 밑으로 내려갔다.

"여기는 신의 영역이다. 마음을 정갈히 하고 입수!"

"어! 시원타! 미네랄이 풍부한지 몸이 매끌매끌한 게 죽여주는데?"

"그래! 이게 후레쉬 워터라는 거여. 몸 세탁 제대로 되지?"

"이야! 여긴 모든 게 신비스럽고 낭만적이야."

히말라야는 몸살을 앓고 있다

쾅! 폭발음이 온 산을 뒤흔들고 있었다.
"이건 정말 너무하는군!"

상계에서 탈까지 가는 주변은 도로 공사 중이라 훼손이 심각했다. 전 세계가 친환경이 뭐니 하면서 개발을 억제하고 있는데 히말라야에서는 이 아름다운 자연환경을 파괴하고 있으니, 이제 히말라야의 아름다운 자연 속을 걷는 날도 얼마 남지 않은 것 같다. 참체를 지나고 새틀을 지나는데 건너편 절벽에선 도로 공사를 한답시고 압축기로 바위산을 깨부수고 있었다. 요란한 기계소음으로 천지가 진동한다. 마치 대지의 피부가 벗겨지며 내는 끔찍한 비명소리 같았다. 절벽에 붙어 작업하는 모습이 안전장치가 허술해 위험하고 아찔해 보였다. 그들은 갑자기 지나가는 사람들과 동물들을 막고는 곧 폭발이 있을 예정이라고 했다.

한참을 기다렸더니 '쿵' 하는 소리가 진동을 한다. 히말라야 골짜기가 다 내려앉는 것 같은 폭음이 산하를 뒤흔든다. 성역인 안나푸르나가 신음을 하는데도 도로공사는 여러 군데서 사정없이 벌어지고 있다. 누가 이 난개발 현장을 고발하고 막을 순 없을까 하는 생각마저 든다. 공사 중인 도로를 따라가자니 마음이 개운치 않다. 예전에 이 길은 오염되지 않아 정말 아름다웠고, 낭만이 있었다. 협곡 사이를 뚫고 가는 기분은 스릴 넘치고 짜릿했다. 자연과 하나가 되는 느낌이었기 때문이다. 그러나 이제는 평탄한 길로 바뀌어 그런 맛과 멋이 사라졌다. 자연을 잘라내버려 무미건조한 도로를 만든 탓이다. 굉음을 지르던 마르샹디 강이 탈에서는 넓어지면서 계곡물이 강물로 둔갑하여 조용히 숨죽이고 흐른다.

탈(Tal)에서도 인정사정없는 히말라야 소나기를 만났다. 그러나 아직까지는 카라반 중이라 마치 여행 온 것 같은 착각에 빠져들었다. 탈이란 빌리지에 도착해서는 원정대 스스로 만들어 먹게 되었다. 이곳 게스트하우스에서는 부엌을 통째로 빌려준다. 여러 나라의 등반객들을 상대로 하면서 각기 제 나라의 음식을 알아서 해 먹게 하는 것이 더 낫다고 판단한 것일까? 게스트하우스를 뒤로 돌아가면 탈 단다(Tal Danda)에서 떨어지는 폭포가 이곳에서도 정말 장관이다. 이곳도 그냥 워터폴이다.

히무룽 베이스캠프로 가는 길은 몇 날 며칠을 걸어야 하는 멀고 고단한 길이다. 그러나 호기심과 설렘으로 가득 찬 대원들은 매순간 가슴 벅찬 감동으로 활기차게 걷는다. 모두가 생각이 긍정적이어서 적응도 잘하고 있었다.

바나슬투 트레킹 루트와 갈라지는 다라파니에서 점심을

히말라야 베이스캠프

간단하게 먹고 네팔 밀크티를 한 잔씩했다. 그리고 조금 더 올라가니 오늘의 무대인 해발 2,190m의 다네큐가 나타났다. 모두가 일찍 도착한 탓에 그동안 밀렸던 세탁을 했다.

히말라야에서는 컨디션 조절이 아주 중요하다. 장기 등반에서 몸 관리를 잘못해 등반을 포기하는 수가 허다하기 때문에 경험자로서 반복적으로 경종을 울려줄 수밖에 없었다. 다네큐에서 편안한 휴식과 푸짐한 요리로 포식을 하고 여유로운 밤을 롯지*에서 보낼 수 있었다.

롯지(Lodge):
오두막과 같은 숙박시설

다음 날은 롯지 트레킹의 마지막 마을이 되는 고토(koto) 빌리지로 향했다. 거기까지도 여러 곳에서 도로공사가 진행 중이었다. 그 장면을 보고 있으니 괜스레 짜증이 나기도 했다. 안나푸르나 라운드 트레킹의 로맨스도 옛말이 될 것 같은 착잡한 느낌이었다. 앞날이 걱정되는 가슴 아픈 현장이 자꾸만 목격되었다.

몇 안 되는 롯지가 있는 티망이라는 곳에 올라섰다.

"와! 저게 뭐야?"

히말라야 거봉 중의 하나인 마나슬루가 웅장한 모습으로 시야에 들어왔다.

"와! 엄청나네? 드디어 꿈에도 그리던 히말라야 8,000m급 거봉을 직접 보는구만!"

"카메라 꺼내봐. 자, 자! 내 사진도 좀 찍어줘."

하나 둘, 찰칵! 대원들은 각자 카메라를 꺼내서 마나슬루를 담는 데 정신이 없었다. 우리는 잠시 걸음을 멈추고 기념사진을 찍었다.

티망을 벗어나 탄촉이란 마을로 내려선 다음, 야트막한 오르막길에 올라서니 눈앞에 안나푸르나 설산이 장대하게 버티고 있었다.

"자, 여기까지 오니까 깊은 산중에 들어와 있다는 게 실감 나지? 여기가 히말라야 산속의 마지막 롯지다."

"그러면 앞으로는 텐트 치고 트레킹 합니까?"

"그렇다. 앞으로는 말 그대로 탐험 같은 카라반을 나흘간 거쳐야 히무룽 베이스캠프에 도착할 수 있다."

"이제부터가 진짜 등반이 시작되는 거네요."

"진짜로 고통이 따르는 카라반이 기다리고 있을 거다. 고도도 3,000m를 넘어서야 하기 때문에 여러분들의 컨디션 관리가 문제가 될 것이다. 그러니 각별히 유의하도록!"

탐험 같은 카라반

해발 2,600m 고토의 아침이 밝았다. 여기서 푸가온으로 들어가기 위해서는 새로운 허가를 또 받아야 했다. 네팔 안에 소왕국이라고 하는 곳이 이곳 푸가온과 무스탕 지역이었다.

아침 일찍 체크 포스트에 들러 허가증을 제출하고 신고를 마친 뒤 대원들과 우측으로 갈라지는 나루푸 계곡을 따라 협곡으로 접어들었다. 이제 정말 탐험 같은 카라반이 시작되었다.

"하이고! 이제사 지겹게 따라다니던 공사 소음도 깨끗하게 사라져버렸네."

시원한 계곡과 협곡을 가로지르며 팡팡 쏟아지는 요란한 물소리가 한 편의 교향곡 같은 음악처럼 느껴졌다. 숲길로 접어들면서 지저귀는 새소리도 즐거웠다.

"야! 길 위 동키들 똥 냄새도 신선한데?"

두 시간쯤 올라가자 오른쪽 캉가루히말(6,981m) 빙하가 녹아 나르푸 계곡을 타고 흘러내리는 모습을 볼 수 있었다.

"바닥까지 투명하게 다 들여다 보이네? 신비 그 자체야!"

"고마, 첨벙 뛰어들고 싶은데?"

고토를 출발한 지 5시간 만에 우린 다람살라(Dharamshala)라고 부르는 캠프사이트에 도착했다. 사람이 살지 않는 곳이지만 이곳을 찾는 방랑자들을 위하여 간이 급수시설도 되어 있고 키친 룸도 잘 정비되어 있다. 사용료는 실비로 지급해야 한다고 앙삼두가 전했다. 텐트만 치면 하룻밤 묵고 가는 곳으로 이보다 더 좋을 순 없는 곳이었다.

다람살라의 고도가 3,000m를 넘어가는데도 고소를 느끼는 대원이 아무도 없었다. 식사도 잘하고 부지런히 움직이는 모습이 별 탈 없이 아주 건강해 보였다.

텐트 생활의 첫날을 보내고 다람살라의 산속에서 아침을 맞이했다. 산속이라 약간의 싸늘함을 느꼈지만 하늘 높은 줄 모르고 치솟아 있는 아름드리 소나무들의 솔향이 보태져 더욱 상쾌했다. 거기서부터 해발 3,840m의 캉이라는 곳까지 올라가는 싱행 카라반이 시작되었다. 불현듯 일부 대원들이 고소증에 시달릴 것 같다는 생각이 들었다. 의료를 맡은 오순희 대원은 산소포화도 측정기를 가지고 매일 두 번씩 대원들의 건강상태를 체크하고 김태훈 등반대장은 선두에서 속도를 조절했다. 베이스캠프까지 이동하는 길이 다른 봉우리에 비해서 쉽지 않았다. 지구상에서 가장 살기 힘든 곳이 이곳이 아닌가 싶다.

다람살라를 출발한 지 두 시간쯤 지나자 조그마한 마을이 나타났다. 롯지가 두 개 정도 있는 메타(3,560m)라는 곳이다. 잠시 휴식을 취하고 있은맹이 향나무가 군락을 이루는 산허리를 돌아서니 왼쪽 편에 3층으로 보이는 곰파가 보인다. 그리고 그 위로 꼬불꼬불 길이 나 있다. 4,110m의 나르(Nar)라고 하는 곳인데 트레커들이 간혹 찾는 명품 트레킹 코스라고 한다. 산 꼭대기로 올라가는 지그재그길이 만만치 않아 보인다. 우린 이곳에서 직진해야만 베이스캠프로 들어갈 수 있다. 수목한계선이 3,600m 정도는 되는 것 같다.

군데군데 장작을 세워놓은 곳이 자주 나타났다. 그곳을 지나 우리는 야크카르카(야크 목장)에 캉이라고 하는 캠프사이트에 도착해 요새 같은 돌집이 장난감처럼 포개져 있는 곳 앞에서 야영했다. 이곳은 다른 지역과는 달리 짐승을 방목하기에는 좋은 곳으로 보인다. 야크목장이라고 하지만 야크는 거의 없고 대부분이 산양 떼다. 어린 산양들이 어미를 따라가는 모습이 아주 귀여워 보였다. 산은 온갖 생명들을 품어 키우고 있었다. 수목한계선을 지나 살벌한 흙더미길을 지나가는데 한 번은 우측 돌무더기가 무너져 내릴까 봐 시선이 가고, 한 번은 왼쪽의 낭떠러지 쪽으로 시선이 간다. 흙무더기로 난 길은 천지창조 당시 모습이나 다름없어 보였다.

고도를 제법 올려가는데도 대원들이 고소증을 모르고 있는 것처럼 보인다. 그러나 산속으로 깊이 빠져들수록 공기도 차츰 차가워지고 건조해지며 바람도 더욱 매섭고 세차게 불기 시작한다. 건조한 공기로 인해 잦은 기침이 나온다. 모두가 버퍼로 얼굴을 가린다. 요새 같은 길을 지나고 다시 계곡으로 내려앉은 다음 또다시 기어오르기를 되풀이한 끝에 가파른 오르막을 만났다. 지그재그로 가파른 오르막을 힘겹게 올라서니 일주문같이 생긴 곳이 나타났다. 푸가온으로 들어가는 길목에는 마니월*을 쌓아놓고 "옴마니반메홈"이란 육자진언을 새파란 글씨로 장식해놓고 있었다. 액운을 막아주는 기도문 같았다.

마니월(Mani wall) : 불교의 경전을 새긴 마니석을 돌담처럼 쌓아놓은 것

이런 오지에도 스투파를 만들어놓은 곳이 자주 눈에 띠어 이곳 사람들은 아마도 종교가 없으면 삶 자체가 두렵고 힘들겠다는 생각까지 들었다. 바람 부는 곳을 피해 주먹밥으로 끼니를 해결하고 나서 푸라는 곳에 도착하니 자그마한 학교까지 있는 요새처럼 보이는 동네 푸가온이 나타났다. 어쩌다 사람들은 숨쉬기조차 힘든 이곳까지 올라와 깃들게 되었을까? 아마 이들의 조상은 수난자들이었을 것이다. 종교적 박해든, 정치적 박해든 어떤 박해를 피해 추적자들이 도저히 쫓아올 수 없는 이곳까지 오게 되지 않았을까? 그리고 인간이 살기 힘든 이 척박한 곳에 야크와 양을 방목하며 그들과 함께 자신들만의 평화로운 삶터를 대대로 지켜온 것 아닐까? 천공의 마을 푸가온은 저지대 사람들의 번잡한 세속적 다툼으로부터 초연해지려는 인간의 정신이 사는 동네 아닐까? 나는 이런저런 상념에 빠져들며 그들 곁 해발 4,000m 푸에 텐트를 쳤다.

아직까지도 히무룽은 볼 수가 없다. 마나슬루나 안나푸르나 2봉에서 40km나 안쪽으로 늘어와 히말라야 너머에 있는 히부

룽이 어떻게 비춰질까 궁금하기만 하다. 저녁을 먹고 나니 하늘이 캄캄해지면서 폭설이 내리기 시작했다. 금세 주변이 하얗게 변했다. 하얀 설경에 둘러싸인 푸에서 보내는 밤은 아주 특별했다. 내일이면 베이스캠프에 입성한다는 설렘과 이제 본격적인 등반이 시작됐다 부담감도 느껴지는 밤이었다. 대원들 중에는 머리가 아프다는 친구도 일부 나오기 시작했다. 심하지는 않아서 특별히 치료할 필요는 없지만 4,000m 고지에서야 고소증을 느끼는 것 같다. 따스한 네팔차 한 잔을 마시며 쉽게 오지 않는 잠을 청했다.

베이스캠프 입성

"**이**야~ 세상이 온통 하얗네!"

푸에서 맞는 첫날 아침, 텐트에서 나와 바깥세상을 보니 온통 눈으로 덮여 온 산이 순백으로 한 폭의 그림 같았다.

"오늘이 베이스캠프로 입성하는 역사적인 날이라고 히말라야가 우리를 축복해주는 것 같지 않아?"

"이런 걸 상서롭다고 해서 서설이라고 하는 거야."

"자, 이제 조금만 더 힘을 내서 베이스캠프로 진격!"

동키와 짐꾼들은 이삿짐 같은 짐을 지고 말없이 올라갔다. 대원들도 '비스타리(천천히)'를 노래 삼아 베이스캠프로 향한다. 희미한 돌길은 어디가 어딘지 분간이 어렵다. 눈앞에 나타나는 저기 오르막만 올라서면 히무룽을 볼 수 있겠지, 하는 생각으로 지그재그로 오르지만 구부러진 돌길이 또 고도를 올리면서 우리를 지치게 만들었다. 드디어 마지막 한 구비 올라서니 하얀 산이 눈에 들어왔다. 하얀 눈을 뒤집어쓰고 있는 산은 바로 얼음창고로 불리우는 히무룽. 대원들은 드디어 모습을 드러낸 히무룽을 두고 히무룽의 우측이다, 좌측이다, 아니 중앙이다 하고 신나게

베이스캠프에 모인 대원들

떠들어댔다. 드디어 우리는 얼음창고 히무룽을 본 것이다.

"야크카르카를 지나고 언덕을 올라서면 베이스캠프겠거니 했는데, 한참을 더 왔잖아?"

"히말라야가 그리 쉬운 게 아니란 걸 보여주려는 거야. 어때? 힘들지?"

"왜 아니겠어? 힘들어 죽는 줄 알았네…. 오늘은 800m나 고도를 올리는 바람에 숨도 차고 두통도 생기려 하네."

"자, 자! 꾸물대지 말고 베이스캠프를 구축해야지. 저기 비탈진 잔디밭 같은 곳에다가. 대원 두 사람당 한 동씩이야."

우리는 눈발이 날리는 가운데 등반의 전초기지인 베이스캠프를 만들기 시작했다.

베이스캠프에서 하룻밤을 보내고 베이스 구축을 확실히 하기 위해 모든 대원들이 나섰다. 식당과 화장실을 만들고, 장비와 식량창고도 만들었으며, 후원사 깃발도 꺼내 라마제단도 만들었다. 제단을 쌓고 난 아침, 전 대원은 깨끗한 마음으로 제단 앞에 앉아 푸가온에서 올라온 젊은 라마승의 독경소리에 맞추어 기원을 드렸다. 히무룽 봉우리 앞에서 삼중화 신발과 안전벨트, 아이젠, 장갑 등 정상을 오르는 데 필요한 장비를 제단에 올려놓고 두 손을 모으고 간절히 무사등정과 무사귀환을 빌었다.

"히말라야의 산신님들이시여, 굽이 살피소서. 오직 당신께 모든 걸 맡기겠나이다. 부디 대원들을 안전하게 지켜주시고 당신의 품을 열어주소서."

현지 셰르파들이 먼저 등반에 나섰다. 히말라야 기상이 며칠간 계속해서 좋지 않았으나 캠프1을 구축하는 데는 별 무리가 없었다. 사다인 앙삼두와 칸차, 그리고 펨바 셰르파가 분주하게 움직였다. 그 틈에 대원들은 고소식량과 장비를 고소캠프로 운반했다.

"대장님, 이거 기상상태가 계속 안 좋은데요?"

"그러게, 이렇게 가다간 등반이 쉽지 않겠는데?"

"날씨만 받쳐준다면 등반이 순조롭게 끝날 수도 있겠는데…."

"사실 히말라야란 대자연 앞에서 우린 나약할 수밖에 없어. 그래서 라마제단을 왼쪽에서 오른쪽으로 돌면서 두 손을 모으고 히무룽을 향해 간절한 기도를 올린 거지. 등반의 성패는 인간이 아니라 산이 결정하는 거야."

캠프1로 가는 길은 너덜지대[●]로, 경사도가 있는 곳에서는 흘러내리는 푸석돌 때문에 힘이 많이 빠졌다.

"그래, 거기에 표시기를 꽂아."

"헉, 헉… 거기가 거기 같고, 어디가 어딘지 잘 모르겠어요."

표시기를 중간 중간에 꽂고 루트 파인딩[●]을 하면서 등반루트를 만들어 가지만 간혹 헛갈리는 구간이 나타났다. 우리는 해발 5,600m에 캠프1을 만들고 곧 이어서 캠프2 구축에 나섰다.

"헉, 헉… 캠프2 구간인데 히든 크레바스들이 도처에 있습니다. 정말 살벌합니다."

"준비한 로프는 얼마나 돼?"

"고정 로프를 800m를 챙겨왔는데 크레바스가 많아서 로프가 의외로 많이 들어갑니다."

무시무시한 히든 크레바스 때문에 캠프2 구축이 쉽지 않았다. 앙삼두 셰르파가 로프를 400m 정도를 더 갖고 올라갔다. 베이스캠프를 출발한 지 세 시간 만에 앙삼두가 워키토키로 연락이 왔다. 캠프1에 도착했고 조금 있다가 캠프2로 루트 공작을 나간다고 한다. 그러고는 연락이 끊어졌다. 오후 늦게 베이스캠프로 돌아오는 세 명의 셰르파들 표정이 굳어져 있다. 펨바 셰르파가 크레바스에 빠져 추락하고 뒤이어 사다인 앙삼두마저 크레바스에 빠지는 사고를 당했다고 한다. 봄 시즌에 눈이 많이 녹아 스노우 컨디션이 엉망인데 공포의 아이스폴과 히든 크레바스 때문에 더 이상 전진이 불가능하다고 했다.

베이스캠프로 돌아온 펨바 셰르파는 오른팔을 쓰지 못하고 고통을 호소했다. 나는 그에게 연고를 발라주고 스포츠마사지로 팔과 등허리를 풀어주었다. 함께 크레바스에 빠졌던 앙삼두 셰르파는 말이 없어졌다. 내게 힘을 주고 확신을 심어주며 때론 딱 들어맞는 말로 등반 분위기를 북돋워줘야 할 사다가 아무 말 없이 웅크리고 앉아 있으니 불안감이 엄습해왔다. 옆에 있던 칸차 셰르파는 다른 여러 히말라야 산을 등반해봤지만 이렇게 크레바스가 많은 산은 처음이라며 등반을 못하겠다고 꼬리를 내렸다. 나는 원정대장으로서 큰 고민에 빠졌다.

식당텐트에서 저녁을 먹고 난 뒤, 전체회의에 앞서 가라앉은 등반분위기를 추스르며 나는 "실패는 있어도, 포기는 없다"는 말과 함께 성공을 위해서는 많은 인내가 필요하다고 힘주어 말했다. 그리고 카트만두에 위성폰으로 기상예보를 받아보았다. 마나슬루 등반 도중 한국산악인 두 명이 실종됐다는 안타까운 소식과 안나푸르나에서도 등반이 지연되고 있다는 우울한 소식을 함께 듣고 있자니 우리가 처한 교착상태가 더 견디기 힘들었다. 기상 때문에 등반이 중단되고 캠프에서 보내는 시간이 많을수록 대원들은 의기소침해졌다. 베이스캠프에서 장시간을 보내는 대원들의 마음이 많이 헝클어지는 것 같았다. 우리는 푸가온에서 감자와 쌀 등의 식량을 추가로 확보하며 장기등반에 대비했다.

열리지 않는 히무룽

5월 1일, 여덟 명의 대원들이 출사표를 던졌다. 아침 9시경 완전 무장을 하고 전쟁터에 나가는 병사처럼 대원들은 장비를 꼼꼼히 챙겨서 비장한 각오로 캠프1로 올라갈 준비를 마쳤다. 김태훈 등반대장이 작심한 듯 먼저 말했다.

"이변이 없는 이상 정상을 밟고 오겠습니다."

"그래요, 하지만 각오도 좋지만 안전이 우선입니다. 기상 조건이 좋지 않으니 등반대장이 각별히 신경을 써주세요."

"예, 알겠습니다."

"그래도 이번 원정대엔 등반력이 좋은 대원들이 많아서 다행입니다. 예전에 난 항상 등반 욕심을 내는 등반조였지만 이번에는 여러분을 완벽하기 지원하는 지원조로 남겠습니다. 이런 결정은 나로서는 쉽지 않은 결정입니다. 그러니 다들 서로 도와 최선을 다해주세요."

촬영을 전담하고 있는 KNN 이보윤 차장이 나섰다.

"저도 등반조와 함께 가겠습니다."

"이 차장님, 기상 조건이 별로 안 좋습니다. 굉장히 위험한 등반인데 자칫 사고가 날 수 있어요."

"그건 저도 알아요. 그러나 지금 안 찍으면 그림이 안 됩니다. 그러니 등반조에 넣어주세요."

"이 차장님, 차장님의 심정은 누구보다 잘 압니다. 그러나 원정대의 결정에 따라주셔야 합니다."

이 차장은 여전히 섭섭해했다. 그러나 어쩔 수 없었다.

밤이 되자 눈이 뭉치로 되어 하염없이 내렸다. 천둥번개를 동반한 폭설인데 적당히 내릴 눈이 아닌 것 같았다. 캠프1로 올라간 대원 걱정에 마음이 불안했다.

이때 엄청난 굉음이 온 산을 뒤흔들었다.

"콰과과쾅!"

나는 깜짝 놀라서 텐트에서 튀어나왔다.

"이게 무슨 소리예요?"

오순희 대원과 이보윤 차장도 식당텐트로 오고 있었다. 캠프1쪽에서 눈사태가 난 것이다.

나는 급하게 워키토키로 캠프1을 불러보았다.

"캠프 원, 캠프 원, 응답하라!"

"캠프 원, 캠프 원, 응답하라!"

"캠프 원, 캠프 원…. 여기는 베이스캠프…."

불러도 응답이 없었다.

하는 수 없이 셰르파들을 깨워 지금 빨리 캠프1로 올라가 보라고 다그치고 워키토키를 계속 붙들고 캠프1을 불렀다. 온갖

캠프1로 등반 중인 오순희 대원

불길한 생각 때문에 마음이 안정되지 않았다. 혹시 사고가 나지 않았을까? 안 그러면 워키토키를 안 받을 리가 없는데…. 만약 사고가 났다면 대형사고일 수 있다는 생각이 머리를 꽉 메웠다. 그렇게 식당텐트에서 불안 속에 떨고 있는데 한나절이 지난 후 워키토키에서 신호음이 들렸다.

"캠프1, 노 프러블럼."

사다인 앙삼두의 목소리였다. 순간 짓눌렸던 가슴이 트였다. 등반대장은 워키토키 배터리가 방전되어 교신이 불가능했다고 한다. 정말 원정대장으로서 10년 감수한 날이었다.

"전 대원들은 캠프1에 있지 말고 빨리 베이스캠프로 내려오라. 아침은 베이스캠프에서 먹는다."

나는 무사한 대원들 모두 빨리 하산하라고 통보했다.

"정말 끔찍한 굉음이었어. 우리도 깜짝 놀랐지."

"그러게, 히말라야는 잘못하면 '휘말린다'고 안 하나. 그러니까 첫째도 안전, 둘째도 안전이야. 죽으면 아무것도 아닌 거야. 안전이 최우선이라는 걸 명심해줘."

히무룽 여신이 정상을 허락하지 않는 걸까? 날씨는 며칠간 계속해서 엉망이었다. 나는 한 번 목표를 정하면 결과야 어떻든 밀고 가는 스타일인데 이번엔 아예 꼼짝을 할 수가 없었다. 갑갑한 마음에 위성폰으로 기상예보를 달라고 네팔 아시안트레킹에 연락했더니 5월 8일부터 3일간 '아주 좋은 날씨'라고 했다. 우린 그날을 디데이로 잡고 휴식에 들어갔다. 원정의 막바지에 접어들면서 또 한 번의 기회가 올 것이라고 믿고 있었다.

요 며칠간 한국에서 위성폰으로 전화를 많이 받았다. 원정 계획서에는 등반이 끝날 때가 되었는데 아직도 아무런 소식이 없으니 주변 사람들이 궁금한 모양이었다. 아직까지도 캠프2로 가는 길조차 열리지 않아 답답해 죽겠는데 한국에서는 정상에 갔다 왔느냐고 묻는 전화가 계속해서 오고 있었다. 나도 시원한 답을 주고 싶었지만 히무룽 여신은 대답은커녕 아무 말 없이 돌아앉아 있었다.

마의 크레바스를 뚫지 못하고 캠프2에서 하산

아쉬운 퇴각

5월 8일, 다시 한 번 도전의 기회가 왔다. 우리는 등반 성공이냐 아니면 눈물을 머금고 돌아서야 하느냐 하는 기로에 섰다. 마지막 기회이니만큼 전 대원이 고소캠프로 올라가기로 했다. 헝클어진 마음을 추스려 캠프1에 도착하니 날씨가 너무 좋았다. 기분전환이 되면서 무언가 이루어질 것 같은 기대감에 부풀어 몸도 가벼워졌다. 앞서 도착한 대원들은 캠프2 쪽으로 더 올라갔다 내려오겠다고 자리를 비웠다. 저녁 무렵 전 대원들이 들어갈 수 있는 슈퍼돔 텐트에 모두 모였다.

우리는 목표를 달성하기 위해 목숨까지 걸어야 하는 극단적인 행위는 하지 말자고 서로를 진정시키는 시간을 가졌다. 다음 날 아침, 셰르파들과 등반조가 아이스폴 지대를 지나 급한 설사면을 통과하며 캠프2 가까이까지 올라가는 장면이 캠프1에서 포착되었다. 캠프1에서 보기엔 앙삼두가 얘기한 크레바스가 너무 크고 많다는 게 실감나지 않았다. 한참 후 워키토키로 연락이 왔다.

"대장님, 크레바스들 때문에 도저히 앞으로 나아갈 수 없습니다. 더 이상의 등반은 불가능합니다."

마음의 준비는 하고 있었지만 막상 결론을 내려야 되는 입장이 되고 보니 마음이 괴로웠다. 무리한 등반은 사고로 연결되기 때문이다.

"알았다. 비록 정상은 올라가지 못했지만 마음의 정상은 갔다 온 것으로 하자. 하산하라."

그동안 나름대로 준비를 많이 했고 대원들의 등반열정을 고려하면 만감이 교차했지만 순간 단순해지기로 했다. 아름답고 신비스럽고 웅장한 히말라야의 히무룽으로 다가가려고 애를 썼지만 신은 허락하지 않았다. 하지만 우린 좌절하지 않는다. 진인사대천명이라고 우리는 진인사했다. 최선을 다했다. 천명을 기다렸으나 우리에게 기회가 오지 않았을 뿐이다. 그래도 우리는 모험적인 카라반을 통해 영혼이 맑아지는 귀중한 체험을 했고, 탐험 같은 등반을 하면서 많은 깨달음을 얻었다.

베리베똘라 히무룽.(히무룽이여 다시 보자.)

재도전

2010년 봄의 실패에도 불구하고 히무룽 한국 초등을 이루겠다는 내 생각은 변함이 없었다. 그해 가을, 나는 다시 히무룽에 재도전하게 되었다. 검은 귀신 마칼루(8,463m) 봉을 네 번째 도전 끝에 성공한 세계적인 알피니스트 라인홀트 메스너는 마칼루 등반기에서 '인간은 오딧세이처럼 탄생되는 것은 아니지만 오딧세이의 발자취에는 마음이 끌린다. 이것은 호기심에서 혹은 야심에서 끌리는 것이지 돈 때문에 끌리는 것은 아니다.'라고 했다. 초모랑마 삼수에 이어 히무룽은 재수다. 큰 고난을 겪은 사람에게는 강인한 집중력과 정신력 그리고 대처능력이 생긴다. 미국의 피아니스트이자 재즈 음악가인 듀크 엘링턴은 '고난이야말로 최선을 다할 수 있는 기회다.'라고 했다. 쉽게 포기하지 못하는 근성이 나를 힘들게도 했지만 목표가 있어서인지 힘들어도 행복하고 즐거웠다.

카트만두 고개를 넘어서니 꼬리에 꼬리를 물고 서 있는 긴 차량 행렬이 봄 시즌이나 마찬가지로 여전했다. 이렇게 막히는데도 짜증 내는 사람이 없으니 우리들의 삶과는 너무나 대조적으로 여유가 있어 보여 신기할 정도였다. 이 당시 네팔은 무정부 상태였다. 왕정이 무너지고 연립정부가 들어서면서 마오 공산당이 38%나 차지하고 있는데 인도에서는 네팔을 도와주지 않는다고 했다. 이런 상황을 네팔 사람들은 항상 불안해하고 있었다. 그래도 사람들의 삶은 유장하게 이어진다. 민초들의 삶은 도도한 강물처럼 흐르며 햇살에 물비늘이 반짝이듯 아름답게 빛난다.

히무룽으로 다시 가는 길은 네팔 사람들이 시도 때도 없이 불러대는 '바람에 나부끼는 실크처럼 내 마음이 흔들리네'라는 민속노래('레샴삐리리')처럼, 출발부터 내 마음을 설레게 했다.

네팔은 전형적인 가을 날씨로 트레킹 시즌이었다. 롯지마다 세계 각처에서 찾아온 트래커들로 붐비고 가끔 한국 사람도 만나 반갑게 인사를 나누었다. 다네큐 히말라얀 게스트하우스의 주인도 나를 반갑게 맞았다. 본격 트레킹 시즌인데도 방값과 부엌 사용료를 저렴하게 받았는데 아는 사람이란 이래서 좋은 것이다.

가을의 상행 카라반도 봄 시즌과 거의 같은 코스로 운행하고 숙소도 탈(Tal)만 빼고는 거의 같은 숙소를 사용했다. 10월 3일, 다시 탐험 같은 나르푸 계곡으로 접어들었다. 몇 개월 전 이곳에 왔었지만 그때나 지금이나 크게 변한 건 없어 보인다. 날씨가 조금 쌀쌀해졌다는 느낌밖에 없었다.

원정대원이 다소 줄어들어 여섯 명의 대원으로 오게 되었지만 동행한 대원의 등반 실력은 다들 남달랐다. 특히 이번에 히말라야를 처음 찾은 오행선 대원은 뛰어난 암벽 등반가였다. 히말라야 등반을 앞두고 그녀 개인적으로 더 많은 준비를 해온 것이 분명했음에도 그녀 스스로 히말라야는 모르겠다고 겸손해한다. 나는 오행선 대원에게도 히말라야 등반은 서두르지 않는 것이라고 히말라얀 스타일을 얘기해주었다.

히말라야 산간마을의 진풍경

간절한 염원을 담은 라마제

　베이스캠프 입성 전 마지막 숙영지인 푸가온으로 들어가기 위해 현수교를 건너 동네에 들어섰더니 온 동네가 추수를 하느라 한창이다. 주로 밀(고루) 타작을 하고 있었는데 이곳 마을에서 생산되는 밀로 빚은 고르카 맥주가 알아준다고 한 청년이 자랑 삼아 얘기를 털어놓는다.

　우리는 걸음 속도를 늦추어 천천히 베이스캠프로 들어갔다. 주변 산들이 봄 시즌과는 다르게 하얀 눈으로 덮혀 있었고 가을 날씨 치고는 너무 쌀쌀했다. 지난봄에 설치했던 곳보다 100m 정도 높은 곳에 베이스캠프를 구축해 분위기를 바꾸어보았다. 앙삼두 사다가 캠프에 도착하자마자 부지런히 움직인다. 베이스캠프 도착 이틀 후인 10월 8일 라마제를 지내는데 날씨도 화창하고 길조들이 모여들어 좋은 징조로 느낌이 너무 좋다. 그런가 하면 라마 고승의 간절한 기도가 우리의 염원까지 담아 새파란 창공을 배경으로 바람에 휘날리는 색색의 타르초 깃발을 타고 하얀 연기가 모여 히무룽으로 향한다. 그 어느 때보다도 강한 기(氣)와 운(運)을 받는 것이 틀림없다. 옆에 있던 앙삼

무사등정을 기원하며 라마제를 지내는 모습

두마저 나에게 다가와 이번 등반은 성공할 것 같다고 자신감을 보여주며 예언을 해준다. 쿡인 마일라는 음식과 음료수를 가져와 권한다. 축제 같은 제를 올렸다. 오후에 곧바로 캠프1 구축에 나섰다. 순조로운 출발이다.

"조심 조심! 여기는 푸석돌들이 널린 너덜지대지만 며칠 전에 내린 눈 때문에 믹스클라이밍을 해야 할 구간이야."

"데포˙장소는 어딘가요?"

"5,200m 고지까지 올라가야 돼."

봄 시즌보다는 약 100m 정도 낮은 지대에 설산등반이 시작되는 데포장소를 만들어놓고 5,500m 고지까지 등반했다.

"여긴 지난 봄철에 본 풍경과는 사뭇 달라졌네? 세락이 무너져서 많이 변형되었어. 자! 여기에 캠프1을 구축하자구."

캠프1이 구축되고 대원들이 식량과 장비를 수송하면서 고소등반에 활력이 넘치기 시작했다.

▲▲▲

10월 12일 드디어 해발 6,100m에 캠프2가 어렵게 구축되었다. 캠프2가 만들어지면서 등반에 탄력이 붙기 시작했다. 대원들도 정상에 갈 수 있다는 자신감을 갖는 모습이 역력하다. 봄 시즌에 크레바스가 많아 이 구간을 넘어서지 못해 며칠간 희망과 절망 사이를 오고 가는 잔인한 감정의 변화를 겪어야 했는데, 다행히 가을 시즌에는 이 구간이 많은 눈으로 덮여 있어 어렵지 않게 넘어갈 수 있었다. 고정 로프 500m 정도를 설치해 통과한 캠프2 구간은 히무룽 등반 구간에서 제일 힘든 구간이었다. 캠프3 구축은 만약의 악기상을 고려해 텐트를 데포만 시켜놓은 상태였다. 정상에 도전하는 날 설치해 사용하기로 했다. 고소적응차 캠프2에서 전 대원이 하룻밤을 자고 베이스캠프로 내려가 정상등정에 관해 논의하는데 의견이 분분하다.

"캠프2로 바로 올라갑시다."

"아니, 정상적으로 고소운행을 해야 돼요."

"이 정도의 컨디션이면 충분히 가능해요."

"과신하면 안 됩니다. 무리하면 오히려 위기를 맞을 수 있어요."

한참 격론 끝에 정상적으로 캠프1을 거쳐 천천히 등반하자는 쪽으로 의견이 모아졌다. 예외적 상황이 아니라면 가능한 정석을 지켜가는 것이 좋다는 게 내 생각이기도 했다.

노 프라블럼

캠프2 구축 4일 후, 주사위는 던져졌다. 하지만 히무룽 여신 은 정상을 쉽게 허락하지 않을 모양이었다. 캠프1에서 캠 프2로 올라가는데 화이트아웃 현상으로 시계제로 상태가 되었 다. 거기에다 온도가 영상으로 뛰어올랐다가 갑자기 영하로 뚝 떨어지기도 했다. 변덕스런 히말라야 기상이 등반을 어렵게 만 들고 있었다. 함께 등반하는 대원들도 옷을 입었다 벗었다를 반 복하며 몹시 힘들어했다. 그러나 위험한 크레바스 지대를 무사 히 통과하고 캠프2에 도착했다. 고소식량으로 철원군에서 지원 받은 '폭포면'으로 간편하게 식사를 하고 기운을 차렸다. 캠프2 에서 자고 캠프3로 가는 길은 지금까지 그 누구도 가지 않은 길 이었다.

"이제부터는 정말 쉽지 않습니다. 루트 파인딩을 잘하지 않으 면 엄청나게 고생하는 구간이 될 거예요."

"그런데 다행히 스노우 컨디션이 정말 좋아서 루트를 만드는 일은 그렇게 어렵지 않겠는데요?"

셰르파인 앙삼두와 삼텐이 셰르파 티를 한 잔씩 건넨다. 고소에서 생사를 같이하겠다는 다짐 같아 보였다. 보이지 않는 히무룽을 향해 설릉을 타고 올라, 다시 설산 허리를 감돌아 캠프3에 도착하자 그제서야 히무룽의 정상이 눈앞에 반짝거리며 나타났다. 지친 몸으로 히무룽을 바라보는 순간, 세상에 아직도 신비라고 하는 것이 남아 있구나 하는 생각에 넋을 잃고 텐트 앞에 주저앉아버렸다. 눈이 부셔 쳐다보기도 힘든 히무룽은 히말라야에 숨어 있는 보석 같은 얼음산이다.

▲▲▲

10월 19일 새벽 1시, 나는 앙삼두와 함께 정상을 향해 캠프3을 출발했다. 나머지 대원들은 삼텐과 함께 새벽 2시에 출발했다. 하얀 눈이 일으키는 착시현상으로 정상이 멀지 않게 보이는데 가도 가도 끝이 없었다. 날이 밝아오면서 가파른 설사면을 만났다. 뒤에 따라오던 대원들과 거리가 좁혀지고 있었다.

"헉, 헉…."

나는 거친 숨을 몰아쉬며 수없이 멈추면서 내게 남아 있는 기력을 다 동원했다. 히무룽 정상에 가까워질수록 등반 루트는 위험천만해 보였다.

"대장님, 저를 따라오세요."

이번 원정에서 강한 모습을 보여주던 삼텐이 앞장서서 지그재그로 길을 만들었다. 그 뒤를 정수열 대원 그리고 김성상 대원, 오행선 대원 순으로 천천히 힘들게 올라가고 있었다.

오후 2시가 넘어서고 있었다.

"헉, 헉…. 어이 앙삼두, 정상 갔다 오는 데 무리가 없겠소?"

"노 프라블럼."

사다 앙삼두의 여유 있는 대답이었다.

"헉, 헉…."

이제 코앞에 정상이 보이는데 나는 기진맥진이었다. 한 발짝도 떼기가 힘들었다. 그런데도 짙푸른 하늘 아래 히무룽은 내게 어서 오라 손짓하는 것 같았다.

"끙!"

어디서 그런 힘이 생겼는지 모르지만 나를 일으켜 세우는 또 다른 힘에 의지해 나는 가파른 설사면을 쥬마링으로 올랐다.

이제 더 이상 오를 곳이 없다. 마침내 전 대원이 히무룽 정상에 선 것이다. 히무룽 여신이 우리를 받아들인 것이다. 드디어 해냈다는 성취감이 가슴을 파고들었다.

히무룽 재수는 이렇게 끝났다.

어머니의 보석상자, 아마다블람
-산악인의 연인

히말라야주의란 위험 없이는 성립되지 않는다. 왜냐하면 위험 없는 모험이란 있을 수 없기 때문이다. 위험이 뒤따르는 모험이야말로 히말라야에서의 행동에 대해 가치를 평가받게 된다고 생각한다.

-모리스 에르조그

아마다블람 등반루트

히말라야는 비행기와 인도기러기(Anser indicus)만이 넘을 수 있고, 의지가 강한 인간만이 오를 수 있는 장엄한 곳이다. 세계 최고봉 에베레스트가 있는 쿰부 골짜기를 찾을 때마다 나의 시선을 멈추게 하는 아주 특별한 곳이 한 군데 있는데 그곳은 다름 아닌 히말라야 보석 상자 아마다블람(6,856m)이다. 이곳은 쿰중을 올라서서 깊고 넓은 골짜기 탱보체 곰파 위로 우측 건너편에 위치해 있다. 우아하고도 화려한 아마다블람의 장관이 한눈에 들어오는데, 이러한 진풍경을 두고 아마다블람을 "어머니의 목걸이"라 부르기도 한다.

누구든 아마다블람과 마주하면 눈부신 유혹에 그냥은 지나칠 수 없을 것이다. 그만큼 아마다블람은 만인의 연인처럼 시선을 집중시키는 아주 화려하고 매력적인 설산이다. 그 멋들어진 자태에 매료되어 나는 화려한 애인처럼 사모하며 늘 가슴 한구석에 아마다블람을 품어왔다. 언젠가 한 번 저 멋진 곳에 올라가 정상에 우뚝 서서 그곳에서만 맛볼 수 있는 짜릿한 희열과 성취감, 그리고 숭고한 감정을 느끼고 싶었다. 아울러 세계적인 연인을 정상에서 만나 후회 없는 등반기록을 남기고 싶었다.

새천년 에베레스트 원정과 로체 원정, 그리고 일본 산악인 노구치 켄과 계속되는 히말라야 청소 등반 등으로 그동안 히말라야 원정은 계속해왔지만 아마다블람 등정은 그림의 떡처럼 바라만 보며 나홀로 짝사랑만 했지 등반할 기회가 좀처럼 주어지지 않았다.

오랜 기다림 끝에 내가 사는 지역에 본사가 있는 장비업체에서 전폭적인 지원을 받아 원정대를 구성할 수 있는 기회가 왔다. 나는 지역 방송사인 KNN에게도 협찬을 제안했다.

"2004년 동계 아마다블람-옴비가챤 원정대를 꾸려보려고 하는데 도와주시겠습니까?"

"아마다블람요?"

"예. 어머니의 목걸이라고, 히말라야에서는 가장 아름다운 봉우리죠. 우리 지역의 혈기 넘치는 대학 산악부원과 그 출신자로 젊은 원정대를 꾸리는 겁니다"

"젊은 원정대라…."

"우리 경남 지역의 산악활동도 활성화하고, 젊은 후진들에게 기회를 제공하는 거죠. 마침 KNN 창사 10주년이니까 방송 특집으로 한 편의 감동적인 다큐멘터리를 만들어볼 수 있지 않을까요?"

"괜찮은 기획인 것 같군요."

"그렇습니다. 누구에게나 기회는 있지만 그런 기회를 잡기 힘든 것이 우리들의 삶이죠. 저는 아마다블람 원정이 우리 지역의 젊은 산악인들을 세계적인 훌륭한 산악인으로 만드는 계기가 될 것이라고 생각합니다."

"좋습니다. 그럼 준비해보죠."

훈련은 이병갑 산악연맹 부회장에게 맡겼다. 우리 지역인 경남에서 훌륭한 산악인이 나올 수 있는 것은, 한국의 히딩크라고 하는 이병갑 훈련대장 같은 분이 있기 때문이다. 그분은 히말라야 고산 거벽 등반에 필요한 몸을 만드는 데 정확한 자료를 가지고 있으며 항상 체계적인 훈련으로 대원들을 모자람이 없는 훌륭한 산꾼으로 만들어갔다. 또한 육십이 넘은 나이에도 불구하고 장거리 달리기나 인터벌 훈련*에 앞장서 몸으로 보여주시는 분이다. 이 부회장이 지휘봉을 잡자 원석인 젊은이들은 차츰 보석으로 다듬어졌다. 쉽게 오지 않는 기회를 놓치지 않기 위해

인터벌 훈련(Interval training) :
운동 중간에 충분한 휴식을 갖지 않고 불완전한 휴식을 취하면서 피로가 충분히 회복되기 전에 다시 운동을 실시하여 운동의 지속능력을 높이고자 하는 훈련방법. 전신 지구력, 스피드를 기르는 운동

강훈을 마다하지 않는 젊은 산악인들은 점차 깊은 등산철학과 지치지 않는 열정을 지닌 대원들로 거듭나고 있었다.

이렇게 설악산과 지리산 영남알프스 산자락에서 약 1년간의 고된 훈련 과정을 무난히 마치고 우리들의 땀이 배어 정들었던 백운 슬랩에서 마지막 밤을 보낼 때는 가슴이 뭉클했다. 우리들은 할 수 있다는 자신감으로 똘똘 뭉쳐 히말라야 동계등반이라는 목표를 걸고 드디어 2004년 11월 28일 김해공항을 출발해 42일간의 장도에 올랐다.

아마다블람으로 가는 길

청춘의 카라반

설렘으로 가득 차 있는 사랑하는 대원들과 함께 10시간이 넘도록 국제선 비행기를 타고 방콕을 거쳐 네팔 수도 카트만두에 가까워지니 기내에서 탄성이 터져 나왔다. 창밖으로 장엄한 히말라야가 파노라마처럼 펼쳐지고 있었다. 구름을 뚫고 끝없이 펼쳐지는 히말라야를 처음 대하는 대원들은 창에서 눈을 떼지 못했다. 트리부반 국제공항에 도착하니 겨울 날씨치고는 매우 포근한 편이였다. 공항 북쪽에 시바 신의 아들이요, 행운을 가져다준다는 코끼리 머리 모양의 가네쉬 히말이 우리들을 반기는 듯 환하게 설산의 아름다움을 비추면서 온몸으로 맞이하는 듯했다.

카트만두에서 모든 행정 처리를 마무리하고 본격적인 원정등반을 위한 상행카라반이 시작되었다. 카트만두를 출발한 17인승 경비행기는 히말라야 특유의 난기류로 후들거리다가 40여분 후 우리를 루클라에 내려놓았다. 드디어 도시의 매연에서 벗어났고 히말라야 산속에서 맑디맑은 히말라야 천연 공기를 실컷 마실 수 있었다. 여기가 본격적인 도보 상행 카라반이 시작되는 곳이다.

우리들은 루클라공항을 빠져나와 가까운 레스토랑에서 홍차 또는 레몬티를 한 잔씩 마셔가면서 심리적 안정을 취했다. 짐을 챙겨 현지에서 고용한 포터와 함께 히말라야 산록을 끼고 돌아서 두 시간을 더 걸어 올라갔다. 출렁이는 사다리 서스펜션 브릿지를 건너자마자 왼쪽으로 조금 내려서니 현지대행사에서 운영하는 히말라얀 체인 리조트 팍딩이라는 곳이 나타났다. 낙원 같은 주변 경관이 히말라야를 처음 찾은 원정대를 사로잡아버렸다. 꿈 같은 상행카라반의 첫날을 이렇게 낭만이 있는 아름다운 곳에서 보냈다.

만년설이 녹아 흘러내리는 쿰부 빙하를 타고 흘러서 남체바자르(Namche Bazar) 아래로, 다시 두드 코시(Dudh Kosi)와 보데 코시(Bhote Kosi) 강이 합류하면서 수량이 많아진 빙하수는 요란한 굉음을 내고 우리들이 묵을 숙소 옆을 끼고 굽이치며 흘러내려갔다. 히말라야 체인 리조트에서 홍재기 등반대장이 대원들 숙소를 배정해주었고 식사는 산중에서 먹는 음식치고는 고급스럽게 먹을 수 있었다. 팍딩에서 첫날 밤을 보내고 다시 몸을 추슬러서 고도 3,400m가 조금 넘는 셰르파들의 고장 남체바자르를 향해 발걸음을 옮겼다. 이틀째 카라반은 조금 먼 길을 걸었다.

두어 시간쯤 걸은 끝에 사가르마타 국립공원 체크 포스트를 통과하기 전, 몬죠라는 곳에서 점심을 먹게 되었다. 마음(心)에

베이스캠프를 가는 도중 아마다블람을 배경으로

점(點) 하나 찍고 간다는 점심메뉴는 달밧이었다. 조금 이른 점심이었으나 남체바자르로 가기 전에 많은 대원들이 일시에 먹을 수 있는 곳은 몬죠 말고는 적당한 곳이 없었다. 아무 탈 없이 잘 걷고 잘 먹는 대원들이 대견스러웠다. 팍딩을 출발한 지 6시간 만에 대원들은 남체바자르에 도착했고, 마침 일주일에 한번씩 장이 선다는 토요일을 하루 앞두고 있어서 다행히 이곳에서 우린 또 부족한 물자를 더 구입할 수 있었다. SPCC(사가르마타 오염방지위원회)에서 쓰레기 예치금과 원정등반에 관한 부연설명을 듣고 히말라얀 롯지에서 하룻밤을 보내게 되었다. 고도가 3,000m를 넘어서니 일부 대원들이 약간의 고소증세를 보였다. 그래서 나는 고소등반의 수칙을 하나씩 설명해주었다. 천천히 먹고, 천천히 걷고, 물을 많이 마시라고 잔소리처럼 반복하고 강조했다.

쿰부 골짜기에 있는 이 지역 경제의 중심지 남체바자르에 장이 서는 날이면 인근 타메나 굼중(3,800m) 그리고 팡보체에서 온 사람들과 상인들로 붐빈다. 옛날 우리나라의 5일장을 이곳에서 볼 수 있었다. 롯지에 머물면서 국제해사위성기구(INMARSAT)를 가동시켜 우리들의 카라반 행렬을 고국에 알리기도 했다. 아직까지는 모든 것이 순조롭게 돌아가고 있으며 대원들도 의기양양해 보였다. 상행 카라반 3일째에는 샹보체를 거쳐 고도 3,800m를 넘어서는 굼중까지 고노를 서서히 높여갔다.

원정대의 목표는 전원 등정으로, 모두가 정상에 오르는 여정이다. 대원들에게 장기등반으로 닥쳐올 컨디션 난조에 각별히 신경을 쓰고, 마음의 속도를 늦추라고 당부했다.

고소증

방송 촬영을 염두에 두고 천천히 올라가다 샹보체 헬기장 부근의 핀죠 롯지에서 고갯마루에 올라섰다. 젊은 대원들이 말로만 들어왔던 세계 최고봉 에베레스트와 로체, 아마다블람의 아름다운 모습이 눈앞에 병풍처럼 펼쳐졌다. 함께 동행한 대원들은 그 놀라운 장관에 넋을 놓는다. 한참을 그렇게 넋을 잃고 있다가 우리는 새 둥지처럼 아늑하게 내려앉은 굼중을 향했다. 에베레스트 초등자 힐러리가 세운 굼중스쿨을 돌아 2, 3분 더 걸어가니 아마다블람이 지척에 보이는 굼중호텔이 나타났다. 우린 그곳에서 여장을 풀고 밀려오는 피로와 고소증을 이겨내기 위해 따뜻한 차를 마시면서 운치 있는 목탄난로 앞에서 몸을 데웠다. 이제 이틀 후면 베이스캠프 입성이다. 나는 그동안의 경험담을 대원들에게 들려주며 몸 관리에 각별히 신경 써야 한다고 강조했다.

"히말라야 같은 큰 산은 다른 산하고는 다르다. 여기서는 눈사태나 크레바스에서 추락하는 것과도 같은 산악사고로 목숨을 잃을 수도 있지만, 고소증으로 죽는 사람도 있다."

"잘 알고 있습니더."

"그래, 잘 알고 있어도 잘 적응하기 힘든 게 고소증이야. 사람마다 개인차가 있겠지만 보통 5,000m, 7,000m, 8,000m가 위험선이지. 두통이나 호흡곤란 같은 증상만이 아니고 피로, 식욕부진, 권태감이나 무력감, 불면증 같은 게 찾아오면 그게 고소증이야. 만약에 이게 잘 적응이 안 되면 즉각 저지대로 내려오는 수밖에 없으니 자기 몸은 자기가 잘 체크해야 돼. 억지로 버티다가는 폐나 뇌에 물이 차는 폐수종, 뇌수종으로 죽게 돼. 히말라야는 이런 곳이야."

"알겠습니더."

"고소증을 이겨내는 건 특별한 게 없어. 적응력을 키우는 수밖에. 그래서 천천히, 천천히 하라는 거야."

"예. 천천히 걷고, 천천히 먹고, 천천히 생각하라!"

물론 대원들 나름대로 잘하겠지만 고소 경험이 없는 대원들이 걱정되었다. 날이 밝자 보석처럼 빛나는 아마다블람이 내가 머물고 있는 호텔 창으로 그 화려한 자태를 드러내면서 유혹하고 있었다. 그 화려한 장면을 보자 당장이라도 오르고 싶은 충동을 억누를 수가 없었다. 건너편에는 만년설 밑에 고찰 탱보체 곰파가 보였다. 이 골짜기를 몇 년이나 오르내렸지만 찾을 때마다 늘 느낌이 새로운 곳이었다. 이번에는 대원들 걱정 때문에 그 고찰이 더 눈에 밟혔다. 출발 전, 누가 시키지도 않았는데 대원들이 스트레칭으로 몸을 풀고 나섰다. 대원들 각자에게는 히말라야 등반이 언제 올지 모를 기회이기 때문에 최상의 컨디션을 유지하고 싶었을 것이다. 잠시 후 팡보체를 향해서 굼중을 출발했다. 짐 수송으로 북적이는 야크 떼들과 현지 고용인, 그리고 대원들이 함께 어우러져 쿰부 골짜기를 가득 메웠고 흙먼지를 날리며 지나갔다. 말이 원정이지 무슨 군사 작전과도 같아 보이는 히말라야 진풍경이 아닐 수 없었다.

원정대가 풍기텡가로 내려섰다가 다시금 가파른 비탈길을 따라 탱보체로 올라가는 중이었다. 일부 대원들이 가다 서다를 반복하면서 힘들어하는 모습이 보였다. 우려했던 일들이 실제상황으로 나타나기 시작했다. 탱보체에서 점심을 먹는데 식사를 제대로 못하는 강민이가 눈에 보였고, 대장을 맡은 나 자신도 식욕이 떨어졌다.

"대장님, 강민이가 많이 힘들어하는 것 같은데요?"

"그래, 나도 보고 있었어. 일단 팡보체까지는 조금 더 가보자."

대장인 나는 흐트러진 모습을 보여주지 않기 위해 나 자신과 힘든 싸움을 하면서 팡보체로 향했다. 계곡을 가로질러서 오래된 곰파가 있는 팡보체에 도착하자 극도의 피로가 몰려왔다. 거동이 온전치 못한 사람도 생기기 시작했다. 그러자 베이스캠프에 전 대원이 입성할 수 있을지 걱정되기 시작했다. 고산 등반은 체력 못지않게 정신력이 중요하다. 기필코 아마다블람에 오르고야 말겠다는 강한 의지가 있다면 육체적 고통을 이겨낼

아마다블람 베이스캠프

것이다. 팡보체 마을을 휘감아 두르고 있는 아마다블람이 굉장히 가까이 다가와 있었다. 나는 마음속으로 빌었다.

"친구들, 이제 다 왔다. 여기서 쓰러지면 안 된다."

나는 맛있기로 유명한 팡보체 감자와 산미구엘 맥주를 한잔하며 평상심을 가지려 애썼다. 나는 대원들에 대한 걱정과 경미한 고소증에 잠이 오지 않았다. 그러나 잠을 자지 않으면 안 되었다. 나는 컨디션이 안 좋은 강민이도 회복되기를 기원하며 애써 잠을 청했다.

드디어 베이스캠프로 입성하는 날이 밝았다. 그러나 강민이는 심한 고소증으로 걷지 못할 정도가 되었고, 박세나 대원도 컨디션이 안 좋았다. 강민이에게는 고소약을 복용케 하고 사혈침을 놓았다. 혈색이 돌아오고 회복 조짐이 보이긴 했지만 베이스캠프까지 가는 건 무리였다. 나는 두 대원을 팡보체에 하루 더 머물게 하고 고소적응을 한 후 합류하도록 지시하고, 남은 대원들을 이끌고 베이스캠프로 올라갔다.

아마다블람의 기슭

연일 계속되는 겨울 날씨답지 않게 포근하여 모든 것이 희망적이었다. 아마다블람 여신이 우리들의 등반을 도와주는 것 같았다. 두드 코시 강을 건너뛰면서 히말라야의 건조한 공기로 흙먼지가 휘날리는 먼지투성이의 지그재그 가파른 비탈길을 힘들게 올라서니 넓디넓은 야크 카르카(Yak Kharka)가 나타나고 등반대가 다니던 길과 야크 같은 짐승들이 휘젓고 다닌 길들이 거미줄처럼 얽혀서 어느 길이 제 길인지를 가늠하기가 어려웠다. 그중에 많이 다닌 흔적이 있는 큰 길로 루트 파인딩을 해가며 아마다블람으로 가는 언덕배기를 올라갔다.

대원들은 히말라야 세찬 공기를 마셔대며 들숨과 날숨 운동을 열심히 해본다. 힘들다 싶으면 멈추고 요란스럽게 복식 호흡을 힘차게 몇 번 되풀이한 후 고행의 히말라야 아마다블람으로 가는 길을 따라 계속 올라갔다. 착시현상으로 아마다블람은 지척인데 그리고 베이스캠프도 다 온 것 같은데 아직도 멀리 있다. 앞뒤로 흩어져서 올라가는 대원들은 말하지 않아도 힘든 모습들이 역력했다. 우리는 중간중간 방송 촬영으로 많이 쉰 탓에 팡보체를 출발한 지 한참이 지나서야 해발 4,500m의 베이스캠프에 도착할 수 있었다. 초등학교 운동장처럼 목초지가 넓게 펼쳐져 있는 베이스캠프는 바람은 좀 불지만 너무도 아늑한 곳이었고 우리들이 등반의 전초기지인 베이스캠프로 사용하기에 정말 손색이 없는 아주 포근한 곳이었다. 식수를 구하기도 어렵지 않았고 뒤편 언덕배기에는 화장실도 하나 깔끔하게 지어져 있어 많은 대원들이 늘 겪어야 했던 큰 불편 하나를 해소해줄 수 있어 반갑기도 했다.

먼저 도착한 쿡인 나왕 파상이 따뜻한 밀크티를 날라주며 나를 반갑게 맞이해주었다. 그는 나를 바르샤바(원정대장을 존중해 부르는 말)라 부른다. 1996년 초오유 원정 때 처음 만났다. 파상은 나를 보고 문제없느냐고 물었다. 나는 미소를 지어 보이며 "노 프라블럼."이라고 대답해줬다. 베이스캠프에 도착한 대원들은 쉴 틈도 없이 가지고 온 캐빈텐트 10동을 풀어헤치고 베이스캠프를 구축하여 원정분위기를 띄웠다.

나는 대원 2~3명당 10인용 케빈텐트 1동을 배분해주었다. 날이 어둡기 전에 보금자리를 만들어야 했기 때문에 다소 고소에 시달리는 일부 대원들이 있긴 했지만 다그칠 수밖에 없었다. 첫날이지만 장기등반에 임하는 젊은 대원들을 잠시 모았다. 그런 중에 사다인 펨바도르지와 체왕도르지 셰르파를 팡보체로 내려보냈다. 체왕도르지 셰르파는 역시 1996년 초오유를 함께 등정했던 사이이기도 하다. 나는 팡보체에서 고소에 시달리고 있

을 강민이와 세나가 걱정되었다. 펨파도르지는 셰르파의 우두
머리인 사다이다. 고맙기도 했지만 사다 노릇을 처음 해보는 셰
르파라 책임성이 좀 약해 보이고 팀을 움직이는 능력이 조금 부
족한 게 아닌가 하는 의구심도 들었다. 그러나 고용한 이상 그
를 믿고 싶었다. 그리고 힘든 등반이 시작될 고소운행에 대해
회의를 하였다. 식당 텐트 안에서 대원들의 진지한 모습을 쳐
다보며 원정등반에 대한 운행계획을 알려주었다. 베이스캠프에
서 팡보체 곰파에서 오신 큰스님을 모시고 무사등정과 무사귀
환을 기원하는 라마제를 지냈다. 그 후 3일을 보낸 뒤 12월 9일,
전 대원들이 고소 순응 등반에 나섰다.

캠프1로 가는 길

라마제단을 왼쪽으로 돌아 전 대원이 캠프1로 향했다. 오전 8시가 넘자 설산이 해를 반사해 따뜻하게 비춰주고, 파란 하늘은 티 없이 맑아 보였다. 그러나 간혹 불어오는 매서운 바람은 가쁜 숨을 몰아쉬며 가는 대원들을 고통스럽게 만들었다. 캠프1로 등반에 나서는 대원들 중에서 고소적응이 잘된 사람들을 선발해 1차 공격조를 뽑기로 했다. 그래서 그런지 대원들 모두가 각자 최선을 다하는 모습들이었다. 그중에는 힘들지만 힘든 모습을 애써 감추려는 모습도 내 눈에 들어왔다. 국내 훈련과정에서도 나는 미리 현지 적응력을 보고 1차 정상 공격조를 편성하겠다고 공개적으로 얘기를 해주었기 때문이다.

1차 정상 등정조 선발

고소운행이 처음이라 장기등반에 필요한 식량과 장비를 챙긴 배낭을 둘러메고 고도 5,500m 이상을 오르는 대원들이 등반을 나서면서 너나 할 것 없이 힘들어하며 격차가 생기기 시작하고, 고소운행 자체에 몹시 부담을 갖는 대원들도 눈에 띄었다. 대부분이 히말라야가 처음이라 원정에 관한 모든 것을 책임져야 하는 나는 긴장 속에 무거운 마음으로 하루하루를 보내야만 했다. 원정 성공을 위해 제대로 마음 놓고 잠을 잘 수가 없었다. 베이스캠프로 돌아온 나는 대원들에게 이틀을 쉬게 한 뒤 캠프1로 올라갈 능력 있는 대원들을 선발했다.

"1차 공격조는 우선 고소적응이 잘 되어 있는 등반대장과 원정대의 맏형인 김지우 대원, 그리고 장경선, 박경호, 한사권, 방원식 대원이다."

"예, 최선을 다해보겠습니다."

"나머지 대원들도 대체로 무난하게 고소적응을 했지만 2조로 편성되어 하루 뒤인 12월 12일 캠프1까지 등반한다. 모두 무사히 등반하길 기대한다. 아울러 성공적인 등반을 통해 여러분 모두가 산에서 만난 소중한 인연으로 기억되길 기대한다."

"문제없습니다!"

"씩씩해서 좋다. 그럼 캠프1에서 하룻밤을 자고 캠프2로 릿지 등반을 감행한 다음 터치다운(touchdown)하겠다. 이상!"

1차 공격조가 라마제단 앞에서 아마다블람 여신을 보고 간절히 소망한 뒤 제단을 한 바퀴 돌아 올라가는 모습들이 믿음직스러워 보였다. 오늘도 하늘은 스스로 돕고 있었다. 겨울 날씨치고는 등반하기에 좋은 조건이었다. 나 또한 우리들이 원하는 등반이 잘 풀려주기를 나약한 한 인간으로서 간곡히 빌었다.

오후 4시 35분경 베이스캠프로 무전이 날아왔다. 캠프1에 무사히 도착했다는 연락이었다. 베이스캠프를 출발한 지 7시간 만에 도착한 셈이었다. 그러나 등반대장은 펨바도르지를 비롯한 고용된 셰르파들이 무거운 짐 탓인지 조금 늦을 것 같다는 소식을 전해주었다. 특히 이번 원정에서 셰르파 사다인 펨바도르지는 초모랑마 무산소 최단시간(8시간 10분) 기록 보유자이고 아마다블람을 네 번이나 등반한 경험이 있는, 자타가 공인하는 스트롱 셰르파였다. 난 그들을 믿고 가족처럼 생각하며 모든 일을 상의해서 등반을 진행해나갔다. 그러나 문화의 차이에서 오는 것이겠지만 편치 않은 면도 있었다. 그렇지만 그들의 순박한 인간성 하나는 우리들에게 오래 기억될 면모였다.

캠프1을 구축하고 대원들이 돌아왔다.

"캠프1로 가는 루트가 너무 지루해 혼났네."

요새 같은 캠프2

"그러게, 장시간 걷는데다가 고도도 많이 올리게 되는데, 이게 다 너덜지대라 바위 길에서 체력 소모가 너무 많아."

"많이 힘들지? 너, 얼굴이 안 좋아 보여. 얼굴이 부어서 호빵맨 같네."

"하하! 괜찮아. 참을 만해. 이 정도도 못 참으면 정상엔 어떻게 가냐?"

기압이 낮아서 희박한 공기로 느껴지는 고산에서 며칠을 보내는 젊은 대원들의 얼굴이 붓고, 그들이 고통스러워하는 모습들이 역력했지만 정상을 향한 굳센 의지는 강하게 느껴졌다.

한편 식당텐트를 들락날락하며 베이스캠프에 대기하고 있는 대원들은 등반일기를 빠짐없이 기록을 하는가 하면 가끔 사진찍기에 몰두하는 등 부지런을 떨면서 다음 등반에 대한 열정으로 하루하루가 진지한 모습들이다.

이번 원정에서는 곽정혜, 박세나, 채은미 산악인과 같은 여성 산악인 세 명이 참여했다. 지리산 훈련 때는 '인간의 탈을 쓴 날다람쥐'라는 별칭도 얻을 정도로 그녀들은 훈련에 남다른 열정을 보여주며 아주 적극적이었다. 그들 나름대로 남자대원들 못지않게 등반에 임하는 각오가 대단해 보였다. 그들은 더하지도 덜하지도 않고 남자대원들과 똑같이 행동했다. 이들이 성공하면 우리 지역에서 나름대로 대표성을 갖는 여성 히말리스트가 되지 않을까 하는 기특한 생각이 들어서 내가 도와줄 수 있다면 최선을 다하여 등정할 수 있도록 진심으로 도와주고 싶었다.

겨울 날씨답지 않게 포근하면서도 약간 쌀쌀함이 느껴지는 넓디넓은 베이스캠프에서 캐빈 텐트를 혼자 사용하게 되었다. 추위와 고행 속에서 캠프1에 갔다 온 뒤 캠프2를 터치다운하고 나니까 꿈의 봉우리 아마다블람이 올라가기 힘들다거나 두려운 존재로 보이지 않았다. 우리들은 좀 더 진지하게 토론하면서 정상으로 가는 길을 찾았다. 베이스캠프 촬영팀은 우리들의 등반 장면을 현장감 있게 방송에 보내기 위하여 발전기를 가동하고 위성전화기를 사용하는 등 분주하게 움직이고 있었다. 점심은 곽정혜 대원이 별식으로 비빔라면을 만들어주어 감자튀김과 함께 푸짐한 시간을 가질 수 있었다.

아마다블람 베이스캠프가 있는 밍보(Mingbo)에는 동계 등반 기간이라 원정팀이 우리밖에 없었다. 보통 히말라야 베이스캠프에는 여러 팀이 있어 등반에 대한 의견도 교환하고 정보도 제공하는데 아마다블람엔 우리 팀밖에 없다. 사방이 만년설로 뒤덮힌 베이스캠프 생활이 조금은 외롭고 적적해 무언가 허전해 보였지만 대원들이 많은 편이어서 서로에게 위로가 되었다. 1차 공격조가 베이스캠프에서 쉬는 동안 2차 공격조인 곽정혜, 채은미, 정주환, 박해준, 김운배 부대장, 김성상 부대장과 나는 12월 12일 아침 8시 30분경 베이스캠프를 출발해 정상을 향한 굳은 각오로 라마제단을 돌아서 캠프1 등반에 나섰다. 오늘따라 히말라야 상공의 바람과 구름이 밀려오면서 악천후를 예고해주는 듯해 불안했다. 체력소모가 많은 캠프1 구간에서 무거운 발걸음을 한 걸음씩 옮기는데 곽정혜 대원과 채은미 두 여성대원은 포기하지 않고 끝까지 따라붙었다. 나를 포함하여 부대장과 함께 5시간 40분 만에 캠프1에 무사히 도착할 수 있었으나 베이스캠프에서 고도차가 1,000m가 넘는 5,700m이다 보니 모두 약간의 고소증에 시달리고 있었다. 베이스캠프에서 힘들게 가져온 주부식으로 요기를 대충하고 주변정리를 끝낸 후 다음 등반을 생각해서 일찍 텐트 안으로 몸을 밀어 넣어 잠을 청했다. 피로와 고소증세가 우리를 조금 괴롭혔지만 캠프1에 설치된 이동용 콘도는 그 어느 곳보다 안락한 보금자리였다.

다음 날 아침, 우리들은 연속 등반에 나섰다. 고정 로프를 통과하면서 곧 흘러내릴 것 같은 불안한 바위지대를 조심스럽게 빠져나가면서 캠프2로 향했다. 불안정한 릿지를 구성하고 있는 캠프2 구간은 차라리 동계등반이 나아 보였다. 소문에 의하면 그해 가을 아마다블람 원정대는 모두 실패를 하고 돌아갔다고 한다. 날씨가 춥기 때문에 가을 시즌보다는 동계등반이 어렵지만 성공률은 높다. 날씬하고 화려한 연인처럼 생긴 아마다블람이 눈이 많이 녹아서 속살을 드러내 보이고 있었다.

"이런 상태면 등반이 쉽지 않을 텐데…."

나는 등반에 대한 두려움을 떨쳐버릴 수 없었다.

돌길을 오르고 내리기를 약 2시간 30분가량하자 눈앞에 벽이 나타났다. 옐로우 타워*였다. 대원이 많기 때문에 우린 여기에다가 11m/m 등반자를 하나 더 설치하고 벽을 넘어섰다. 절벽 위에 독수리 둥지 같은 곳이 나타났다. 캠프2였다. 여기까지 오니까 정상도 그리 머지않게 느껴졌다. 우린 캠프2에 이중화와 피켈을 데포시켜놓고 베이스캠프로 귀환했다.

옐로우 타워(Yellow tower) : 아마다블람에 있는 70도 경사 구간의 가파른 벽

베이스캠프에 내려와서 다시 식당텐트에서 회의와 토론을 거듭하고 난 후, 카트만두 아시안트레킹에서 가지고 온 위성전화기로 기상정보를 제공받았다. 앞으로 4~5일 후면 기상이 나빠질 거라고 하는 반갑지 않은 뉴스다. 우리는 등정 날짜를 변경하여 하루 앞당기기로 했다. 등반대장을 중심으로 행정담당인 김지우, 장비를 맡은 장경선, 수송담당인 박경효와 한사권 대원들로 구성된 1차 공격조에게 12월 14일을 디데이로 잡고 정상에 도전하라고 했다. 젊음으로 똘똘 뭉친 대원들은 베이스캠프에서 등정에 필요한 개인 장비를 꼼꼼히 챙겨 의기양양한 모습으로 정상으로 힘찬 발걸음을 옮겨 갔다. 그리고 2차 공격조를 비롯한 남아 있는 대원들은 베이스캠프에 설치된 라마제단에서 1차공격조의 성공을 기원했다.

멀어져가던 대원들 모습이 시야에서 사라진 후, 나는 워키토키 곁을 지키고 있었다. 오후 4시경 캠프1에서 무전이 날아왔다. 애타게 기다렸던 목소리를 듣는 순간 반가웠고 홍재기 등반대장은 캠프1에 대원 모두가 건강하고 안전하게 도착했다는 소식을 전해주었다. 그 교신 내용을 함께 듣던 베이스캠프의 대원들은 그들에게 힘을 실어주기 위해 다함께 파이팅을 외쳤다. 이

틀 후에는 정상등정 소식을 접할 수 있으리라는 기대감에 부풀어 쿡인 파상한테 라마제단에 향을 피워 그 향과 연기가 정상에 갈 때까지 계속해달라고 당부했다. 1차 공격조가 성공리에 등반을 잘 마무리 지어야만 그다음 등반이 탄력을 받아 잘될 수 있기 때문에 원정대로서는 이번 정상 공격이 상당히 부담이 되었다. 삶과 죽음이 교차하는 히말라야 아마다블람에서 불안하고 긴장된 시간이 이어지고 있었다.

그날 밤, 나는 베이스캠프에서 잠을 거의 못 자고 날밤을 새면서 지쳐가는 몸뚱아리를 이리저리 뒤척이고 있었다. 하늘 지붕 아래서 밤은 고독했다. 동계 아마다블람 원정 베이스캠프에 우리 팀밖에 없어 고독감이 더욱 깊이 밀려왔다.

산은 냉정했다

12월 15일, 아침에 일어나니 주변 날씨는 아주 화창하고 맑았다. "하늘은 스스로 돕는 자를 돕는다."고 했던가? 마치 히말라야 여신이 우리들의 등반을 허락하는 것처럼 아마 다블람이 어머니 품속처럼 포근하게만 느껴졌다. 옐로우타워를 올라서서 캠프2를 거쳐 1차 공격조의 등반은 계속되고 있었고, 같은 시간에 지원조겸 2차 공격조는 캠프1로 향하고 있었다. 날이 어두워지고 있는데 캠프3으로 향한 1차 공격조의 도착 소식이 늦다. 연락도 잘 되지 않는다. 캠프1에 있던 2차 공격조와 베이스캠프에서 대기 중인 대원들은 불안하고 긴장된 시간을 보내야 했다.

오랜 기다림 끝에 저녁 7시가 조금 넘어서야 모두 도착했다는 무전연락을 받을 수 있었다. 우리는 흥분을 감출 수 없었다. 이제 하룻밤만 지나면 정상에 도달했다는 기쁜 소식을 들을 수 있을 것이다. 아울러 지원조로 나선 2차 공격조도 정상 공격의 길이 열릴 것이다. 그날 밤, 캠프3과 주고받는 교신에서 바람이 의외로 강하게 불어닥친다는 소식이 전해졌다. 나는 캠프에서의 바람은 통상 있는 일이기에 그것이 다음 날의 강풍으로 이어지리라는 부정적인 생각은 애써 지우려고 했다.

아마다블람의 품에서 맞이하는 12월 16일, 주사위는 던져졌다. 이른 아침 6시경 정상을 향한 1차 공격조가 캠프3을 출발했고, 그들이 등반하는 장면은 한 편의 다큐멘터리가 되어 고화질 카메라에 들어왔다. 그러나 순조로워 보이던 등반은 잠깐 사이의 기상 악화에 의해 시계 제로로 돌변했다. 칼날이 스치는 듯 살벌한 소리를 내는 바람은 그칠 줄을 몰랐고 캠프1에 있는 나에게까지 날릴 만큼 돌풍에 눈보라가 심하게 불어닥쳤다 갑자기 대원들이 사라졌다. 한참 지나도록 날씨는 좋아질 기미가 보이지 않았다. 정말 살벌했다. 원정대의 모든 것을 책임져야 하는 대장으로서 내가 결단을 내려야만 하는 괴로운 시간이 다가오고 있었다.

1차 공격조에게 무전을 계속 시도했으나 교신이 어려웠다. 여러 번의 시도 후에야 가까스로 김지우 대원과 교신을 할 수 있었다. 대장으로서 대원들에게 후퇴하라는 말을 하려니 입이 떨어지지 않았지만 나중에 들을 원망들을 감수하고서라도 일단 대원들의 안전을 먼저 생각해야 했기에 하산을 종용했다. 망설이는 듯한 기미가 보였지만 공격조는 나의 의견에 따라 하산을 하겠다는 교신을 보내왔다.

캠프3에서 내려오는 1차 공격조와 캠프1에 대기하고 있던 2차 공격조의 대원 9명이 모두 캠프1에 머물게 될 경우를 대비해서 나는 곧바로 셰르파들에게 베이스캠프에 있는 예비 고소텐트를 캠프1로 운반하도록 했다. 캠프1에는 이미 4동의 텐트가 설치되어 있었지만 대원들이 조금이라도 더 편히 머물도록 배려해주고 싶었다. 1차 공격조가 안전하게 하산 중이라는 교신을 받고 나니 긴장이 조금 풀어졌는지 어제의 캠프운행으로 인한 피로와 수면부족이 한꺼번에 덮쳐왔다. 한두 시간 정도 눈을 붙였는데 그 잠이 그렇게 깊고 달콤할 수가 없었다.

정오가 지나자 저마다 지치고 초췌한 모습을 한 1차 공격조 대원들이 한둘씩 캠프1로 들어오기 시작했다. 악천후 속의 사투에서 돌아온 그들은 육체적으로도 상당히 지쳐 보였지만 고지를 눈앞에 두고 돌아선 뼈저린 상실감 때문인지 눈빛 또한 힘을 잃어 보였다. 정상에 도전할 기회야 또다시 만들 수 있지만 1차 공격의 실패로 인해 1조 대원들뿐만이 아니라 원정대 전체의 사기가 떨어지는 것이 내게는 더 큰 걱정이었다.

등반대장을 끝으로 1차 공격조 모두가 캠프1에 무사히 귀환하자 여성대원들이 미리 준비해둔 라면을 끓여 동료대원들을 챙겨주었다. 살기 위해 우적우적 라면을 씹어 삼키는 대원들을 보고 있자니 너무나 안쓰럽게 느껴졌고, 비록 아쉬운 후퇴를 했지만 최선을 다해 등반을 하고 내려왔기에 대장으로서 보듬어주고 싶었다. 나중에 들은 얘기지만 이때가 태국에서 쓰나미가 일어났던 날이었다. 그 쓰나미 영향이 히말라야까지 온 것이다. 곯았던 배를 채우고 난 뒤 개인장비를 재정비한 1차 공격조는 베이스로 내려가겠다고 했다. 마음 같아서는 1조와 2조 모두 캠프1에서 대기했다가 함께 등정을 하고 싶었지만 사실은 무리였다. 1조는 너무나 지쳐 있었고 이미 베이스로 귀환하기로 결정한 것 같았다.

나는 붙잡지 않고 1조의 의견을 존중해 주었다. 그리고 2조는 캠프1에서 하루를 더 머무른 뒤 다음 날 날씨를 보아가며 등반 여부를 결정하기로 했다. 나는 혹시나 여성 대원들의 마음이 약해질까 걱정스러워 그들이 스스로 마인드 컨트롤을 할 수 있도록 많은 이야기를 나누면서 캠프1에서의 이틀째 밤을 보냈다. 그날 밤 역시 바람의 소리를 헤아리느라 깊은 잠을 이루지 못하고 뒤척였다.

1차 공격조는 신이 외면했지만 2차 공격조는 신의 허락을 받기 위해 무진장 공을 들였다. 정말 아마다블람이라는 설산은 냉정했다.

굼중에서 바라본
아마다블람

아마다블람의 정상에 서다

12월 17일, 하늘의 뜻에 운명을 내맡긴 채 텐트 문을 열었더니 희끄무레한 새벽의 어스름 속에 아마다블람이 그 자태를 고요히 드러내고 있었고 바람도 잠을 자고 있었다. 과연 우리는 그렇게 소원하던 아마다블람 정상에 발자국을 남길 수 있을지 불안감을 떨치지 못했지만 미지의 세계를 탐색해간다는 등산 정신으로 몸가짐을 새롭게 하고서는 불안정한 돌무더기들이 이어지는 릿지를 타기 시작했다.

고정 로프를 곡예사처럼 타고 넘어 캠프2에 도착하자 허기가 몰려왔다. 잠시 배를 채우고 가파른 설사면으로 이어지는 캠프3을 향해 또다시 등반을 계속해나갔다. 캠프3으로 가는 등반로는 의외로 힘들고 위험해 우리들에게 많은 기술을 요구하는 코스였다. 칼날 릿지 위에 바짝 붙어 있는 고정로프를 통과할 때는 엉금엉금 기듯이 지나가야 했다. 그러나 이곳을 넘어야만 정상으로 갈 수 있다. 힘들지만 순간순간이 절실한 한 걸음이다. 우리는 한 발 한 발을 최선을 다해 조심스럽게 앞으로 나아갔다. 밤새 강풍에 떠는 텐트에서 잠을 설쳐 육체는 고단했지만 기필코 정상에 서고야 말겠다는 강한 의지뿐이었다.

"하악, 하악…."

▲▲▲

극심한 피로와 체력 고갈로 가다 서다를 반복하는 사투를 벌인 끝에 우리는 오후 세 시에 에베레스트와 로체가 뒤편에 병풍처럼 받쳐주는 눈부신 설산, 아마다블람 정상에 설 수 있었다.

정상에 서는 순간, 해냈다는 성취감과 함께 신비하고 숭고한 세계의 품에 안기는 정신적 축복을 받았다. 얼싸안고 등정의 눈물도 흘렸다.

정상에서 등정의 기쁨을 카메라에 담고 오후 늦게 우리는 하산을 했다. 캠프3에 가까워지자 어둠이 깔리기 시작했다. 먼저 하산한 대원들의 목소리가 희미한 불빛 사이로 들려왔다. 나와 김성상, 김지우, 곽정혜, 채은미 대원이 히말라야 아마다블람 정상 등정에 성공하고 캠프3에 다 모였다. 별이 총총한 하늘 밑에서 긴장을 풀고 오랜만에 가져보는 편안한 저녁 시간에 힘겨운 등반과 모험에 대한 얘기들을 주고받으며 이야기꽃을 피웠다. 아래로는 평원처럼 생긴 베이스캠프가 가물가물 보였다. 세계의 지붕이요, 아시아의 지붕이라는 히말라야 아마다블람 캠프3에서 우리는 원시적인 모습으로 깊은 잠에 빠져들었다. 캠프3에서 자고 일어나니 몸 상태가 완전한 것은 아니지만 조금은 회복된 것 같았다. 스노우릿지를 형성하고 있는 캠프2로 하산하는 길은 눈 상태가 불안정하여 잠시도 한눈을 팔 수 없는 어려운 구간의 연속이었다. 등반보다도 하산이 어렵다는 것을 실제로 보여주는 코스였다. 내 발목 상태가 시원찮아 좁디좁고 불안전한 칼날 릿지를 지나가면서 순간 미끄러져 아찔한 일도 있었다. 그러나 미리 설치해놓은 고정 로프가 나를 지켜주었다.

하산하면서 깊은 생각에 잠겼다. 아마다블람은 등정했지만 캠프 운영에는 부족함이 많았다. 다음에 히말라야 원정기회가 주어진다면 정말 깔끔하게 챙겨서 나 스스로가 만족할 수 있는 멋진 등반을 하고 싶었다. 히말라야는 어느 것 하나 소홀히 할 수 없다는 것을 새삼 느꼈다. 조금 지친 몸으로 독수리 둥지 같은 캠프2에 도착하자 어려운 구간은 다 빠져나왔구나 하는 안도감에 편안한 휴식을 취할 수 있었다. 캠프2에서 아이젠을 벗고 신발을 갈아 신으니 몸이 한결 가벼웠다. 힘들었던 등반도 다 끝나간다. 마음 한구석에 아쉬움이 찾아들었다.

하강을 계속해 바위지대를 지나 릿지 끄트머리 너덜지대의 캠프1에서 곽정혜, 김성상 대원들과 합류했다. 캠프1에서 푹 주저앉아 간식과 따끈한 차를 한잔하고 난 뒤 평화로운 보금자리인 베이스캠프로 귀환했다. 라마제단으로 가서 무사등정과 무사귀환을 하게끔 도와준 히말라야 여신에게 감사의 예를 올린 뒤 식당텐트로 들어섰다. 그동안 베이스캠프에 남아서 등반을 지켜보고 있었던 대원들이 우리들을 반겨주었다. 순간 나도 모르게 눈물이 났다. 등정축하 파티를 끝내고 텐트로 돌아가 죽음과도 같은 깊은 잠을 잤다.

1차 공격조가 기상관계로 실패하고 2차 공격조가 성공함으로써 베이스캠프 분위기가 묘하게 돌아가고 있었다. 나는 대원 전체를 모아놓고 섭섭하고 불편해할 수 있는 분위기를 정리해주었다. 1차 공격조에게 재도전의 기회가 주어져야 했다. 그러나 아직도 등반기회는 있었지만 우리에게 더 이상 여유가 없는 편이었다. 위성전화로 기상을 알아보는 등 또다시 베이스캠프는 바쁘게 돌아갔다. 12월 20일, 아마다블람 1차 공격조가 베이스캠프를 출발해 재도전에 나섰고 옴비가찬 등반대도 장비와 식량을 챙겨 초등정의 꿈을 안고 베이스캠프를 출발했다.

신령스러운 봉우리, 옴비가찬으로

며칠 남지 않은 원정기간이라 등반에 나서는 대원들의 각오도 남달라 보였다. 나중에 알았지만 동남아를 휩쓸었던 쓰나미가 우리에게도 영향을 미쳐 이틀간 등반도 못하고 고생했다. 그 당시 나는 아마다블람 등반에서 옴비가찬으로 옮긴 상태였다. 옴비가찬에서는 아마다블람에서 등반기회를 놓친 대원들에게 마지막으로 기회를 주고 싶었다. 나는 옴비가찬만큼은 등반에 대한 모든 것을 김성상 부대장에게 맡기고 지켜보고만 있었다.

그러나 나흘이 지난 뒤, 베이스캠프에만 있자니 마음이 편치 않아서 짐을 챙겨 촬영을 맡은 이형종 감독과 함께 옴비가찬 전진캠프로 올라갔다. 아마다블람 1차 공격조까지 등정했다는 기쁜 소식을 접했다. 얼마나 기분이 좋은지 공격조의 홍재기 등반대장과 베이스캠프를 숨가쁘게 연결하며 확인을 거듭했다. 홍재기, 장경선, 박경효, 한사권, 정주환 모두 올랐다. 순간 나를 무겁게 짓누르던 부채감이 사라지고 조만간 옴비가찬도 등정할 수 있으리라는 부푼 기대감이 나를 사로잡았다.

신령스런 옴비가찬

    그런데 전진 베이스캠프 분위기가 어수선했다. 김성상 부대
장이 등반 중에 어깨를 다친 것이다. 원래는 셰르파의 도움 없
이 세계 초등을 목표로 했는데 이렇게 되면 쉽지 않아진다. 나
는 셰르파들을 동원하여 좀 더 안전하게 등반하도록 권유했다.
그런데 이번에는 믿었던 셰르파들이 파업을 일으켰다. 산 넘어
산이라더니 엎친 데 덮친 격으로 일이 꼬이기 시작했다. 하는
수 없이 나는 로컬 셰르파들을 긴급하게 고용해 등반을 재개해

보기로 하고, 트레킹단 안내를 위해 굼중으로 내려가고 있는 곽정혜 대원에게 워키토키로 셰르파들을 알아보라고 했다. 당시의 상황이 대장으로서 화도 많이 났지만 나는 남은 등반을 생각해 감정을 잘 다스려야 하는 처지였다.

옴비가찬 전진 베이스캠프에는 살벌한 바람이 텐트를 날려버릴 기세로 사정없이 후려갈기고 있었다. 식사에는 모래가 섞이고 모든 것이 힘들고 불편했다. 전진 베이스캠프에서 꼼짝 못하고 보낸 날도 닷새가 되었다.

트레킹단 안내 때문에 베이스캠프로 내려온 나는 식당텐트 안에서 밀크티를 마시고 한숨을 고른 뒤 워키토키로 등반대를 불렀다. 응답이 없었다. 불안한 시간이 흘렀다. 모두 긴장 속에 잠겨 있는데 소식이 날아왔다. 정상을 목전에 두고 하산해야 될 것 같다는 김지우 대원의 절박한 음성이었다. 정상부는 눈도 없고 푸석바위 덩어리라 낙석이 심해 루트 확보 자체가 힘들다는 내용이었다. 원정대장이 최종 결정해야 한다. 나는 현장 판단을 믿었다. 억지등반은 시킬 수 없다. 나는 대단히 수고 많았다는 위로와 함께 안전하게 하산하라고 했다.

절반의 성공

모든 등반에는 항상 아쉬움이 남기 마련이다. 이번 원정 등반도 절반의 성공으로, 아쉬움이 있기는 마찬가지였다. 그러나 세계 산악인들의 연인이라 부르는 아마다블람의 품에 안겨 나름대로 행복했던 등반이었고, 만족을 가져다주었던 등반이었다.

이제 원정도 끝났다. 많은 경험과 숱한 추억을 만든 시간을 뒤로하고 다시 모두 집으로 돌아갈 것이다. '나를 버리고, 나를 찾아 떠나는' 히말라야 원정에 함께한 젊은 대원들에게는 평생 잊지 못할 귀한 배움의 시간이었을 것이다. 아마다블람은 품을 내줬고, 신령스런 산 옴비가찬은 우리를 거절하며 다시 찾아오라고 했다. 인간의 발길을 쉽게 허락하지 않는 대자연 앞에 인간은 겸손해야 하며, 기회가 주어졌을 때 자기를 이기는 초극의 자세로 최선을 다해야 한다는 걸 배웠다. 히말라야라는 대 스승이 젊은 산악인들에게 준 커다란 선물을 받아 들고 우리는 가족들이 기다리는 집으로 향했다.

붉은 바위봉우리, 드락마르포리
-내 마음의 산

누가 나에게 물었다.

"전국의 산 중에 안 가본 데가 없겠네요?"

나는 신의 산이라는 존재 앞에서 겸손을 배웠기에 별 망설임 없이 대답할 수 있었다.

"아직도 안 가본 산이 많습니다. 그 안 가본 산중에 내 마음의 산도 있습니다."

지난 20년간 히말라야를 오르면서 내 마음속에 가졌던 꿈은 세 가지였다. 첫째는 동계 히말라야 등반이었고, 다음은 한국 초등, 마지막은 세계 초등이었다. 나는 이것을 '내 마음속의 히말라야'라고 이름 붙였다. 누구도 가지 않은 나만의 방식으로 히말라야에 오르고 싶은 생각으로 나는 내 꿈을 그렇게 불렀다. 나는 미지의 영역에 도전하고 싶었다. 여기서 동계 등반은 '성수기' 등반 시즌인 봄, 가을과 달리 극한의 추위 때문에 등반이 쉽지 않아 그 자체가 모험이다. 반면 얼음은 클러스터(결빙) 상태로 꽝꽝 얼어 있어 눈사태와 같은 불의의 사태가 상대적으

드락마르포리 베이스캠프

로 적다. 따라서 자신의 역량과 노력 여하에 따라 등반의 성패
가 갈리는 것이다.

동계 초등은 '어머니의 목걸이' 아마다블람 등정으로 이루었
고, 한국 초등은 얼음창고라는 투명하게 빛나는 히무룽 등정으
로 이루었다. '내 마음속의 히말라야' 3부작의 완성판은 이제 세
계 초등, 나에게 그것은 드락마르포리의 붉은 바위 봉우리를 오
르는 원정이었다.

드락마르포리는 에베레스트와 안나푸르나 사이에 있는 랑탕
국립공원에 있는 산이다. 6,185m로 8,000m급처럼 높지는 않다.
히말라야 중에서도 변방에 조용히 있는 존재감 없는 산이었다.

그러나 아무도 밟지 않은 길을 스스로 만들어가는 탐험의 의미가 큰 산이다.

일 년에 한 번 이상 히말라야를 드나드는 내게는 네팔산악연맹회장(NMA) 앙체링 셰르파를 비롯해 네팔의 유명 관광사인 '아시안트레킹'에도 많은 친구들이 있다. 그들은 나에게 '메로 샤티(나의 친구)', 혹은 '나무로 샤티(좋은 친구)'라고 부르며 친근감을 과시한다. 드락마르포리는 네팔에서 새로 개방한 30개의 산 중 하나로 그들은 나에게 이 산을 추천했다. 나는 네팔 관광성에 몇 번 확인했다. 관광성은 그 산이 '언클라이밍 피크(unclimming peak)'임을 재차 강조했고 코리안 루트를 내어 정보를 주면 좋은 자료로 삼겠다고도 말했다.

이제 남은 것은 원정이다. 드락마르포리 등반은 높이 이상의 깊이 있는 등반 경험이었다.

4,610m에 베이스캠프를 치고 뿌자(Puja)라는 라마제를 올렸는데 이곳은 '타망족'이라는 소수민족의 방식을 따랐다. 하늘을 보고 "어!" 고함을 지르는 것이다. 갑자기 정신이 바짝 들었다 우리들의 기도가 하늘에 가닿으라는 간절한 염원이었을까? 우리 원정대는 여러 어려움을 물리치고 마침내 아무도 오르지 않은 드락마르포리 등정을 완벽하게 성공시킬 수 있었다.

원정대는 6,185m를 세미 알파인 스타일*로 등반했는데 세미 알파인이란 자기 장비,

세미 알파인 스타일(Semi-alpine style) :
극지법이나 알파인 스타일의 중간적 스타일

식량을 다 들고 가는 방식이다. 그리고 베이스캠프 이상은 대원들이 스스로 루트를 만들어 개척해나가야 했다. 누구도 가지 않은 곳이니 셰르파들도 원정대원들의 뒤에 따라가는 식이었다.

산에 오르는 것 이상으로 그 산을 찾아가는 것이 더 어려운 등반이었다. 역시 아무도 가지 않은 길을 개척하는 것은 어려운 일이었다. 그러나 그만큼 보람 있는 길이기도 했다.

원정대장을 맡은 김태훈 대장은 지도를 읽는 독도의 대가였으나 구글상의 오차가 있어 루트 파인딩에 상당한 애로를 겪었고, 악천후를 만나 더 힘들었는데 그 탓에 등반할 시간은 며칠 되지 않았다. 이곳은 다른 저명한 산의 베이스캠프와 달리 아무도 찾지 않은 곳이라 물 사정도 매우 좋지 않았다. 뿌연 물을 재워 맑은 물을 얻으려고 해도 쉽지 않았다. 우리는 등반 내내 물 사정으로 고통받았다. 이런 드락마포리 원정대에서 나의 역할은 단장이었다. '세계 초등, 드락마포리에서 길을 찾다'라는 기획으로 방송사의 협찬을 얻어 원정대를 꾸리고, 이들이 성공적으로 등반할 수 있도록 모든 지원을 제공하는 게 내 임무였다. 나는 원정의 성공을 위해 내가 할 수 있는 최선을 다해 지원자를 끌어모았다.

원정대는 동계 제주도 훈련에서부터 원정 등반에 이르기까지 시종 가족 같은 분위기가 유지되었다. 이런 끈끈한 유대감이 있었기에 어려운 등반도 성공시킬 수 있었다. 사실 히말라야 등반에 참여하는 등반대원들은 자기주장이 강하다. 누구랄 것 없이 모두가 등정을 원하는데 특히 세계 초등이니 말해 무엇하겠는가? 누구든 정상에 오르는 명예를 갖고 싶어 한다. 그러나 세계 초등에서 전원 등정이 쉽지 않은 것도 현실이다. 기상 악화에 고전하면서 며칠 안 되는 정상 도전의 기회의 마지막에 대원 중 두 명을 정상 등정조로 선발했을 때 제외된 대원들의 감정은 착잡했을 것이다. 그러나 대원들은 그동안 가족 같은 우애를 다져온 탓에 원정대장의 말을 따라줬다. 김태훈 원정대장의 리더십도 탁월했지만 부대장을 비롯한 대원들의 자질도 우수했다. 사실 세계 초등의 기회라는 것은 쉽게 찾아오지 않는다. 그러니 이번 원정대에 참여한 대원들의 기대가 얼마나 컸겠는가? 정상에 서지 못하더라도 동료를 정상에 세우기 위해 루트 파인딩을 하고 고소캠프를 하나씩 세워가며 함께한 대원들의 희생정신은 그래서 더욱 값진 것이다.

이번 등반은 내 등반 인생을 더욱 풍요롭게 만드는 등반이자 나의 히말라야 20년사에 남을 매우 특별한 의미를 가진 등반이었다. 세계 초등이라는 꿈을 이룬 것뿐만 아니라 원정대의 단장을 맡아, 올라가는 산에서 바라보는 산으로도 만족할 수 있는 나 자신을 확인할 수 있었기 때문이다. 그리고 애초에 계획한 대로 등반도 순조롭게 이루어졌다. 물론 악천후를 만나 고생하기도 했지만 그것은 어떤 경우에도 만날 수 있는 만년설산의 환경적 조건이다. 이번 등반이 특히 인상적이었던 것은 서로를 먼저 배려하는 대원들의 뜨거운 동료애였다. 여러 등반대들이 연합한 연합등반대의 경우 팀워크를 맞추지 못해 극한 상황에서 갈등이 폭발하는 경우를 왕왕 본 적이 있는지라 이번처럼 내면적으로 성숙한 대원들 간의 끈끈한 동료애는 참으로 보기가 좋았다. 이런 동료애야 말로 힘들고 어려운 상황조차 즐겁게 극복해나가는 동력이 되었던 것이다.

나 또한 그간 히말라야 원정 때는 항상 정상에 서고 싶은 욕구를 가졌고 또 비록 무리를 해서라도 등정 팀에 함께해왔으나 이번에는 원정대를 지원하는 단장으로서 원정대를 정상에 보내는 것으로 만족하는 위치에서 함께했다. 이제 히말라야도 오르는 산에서 바라보는 산으로 바뀐 것이다. 다른 젊은 대원에게 등정을 양보하는 것은 내 나이를 고려하면 자연스러운 일이지만 워낙 늦깎이 산악인이라 등정의 욕심을 최근까지 접지 못해왔던 것은 사실이다. 그러나 히말라야는 내게 이제 내려놓으라고 속삭였다. 이제 후배들을 키우고 후배들에게 자리를 내주는 비움의 철학, 나눔의 철학을 가지라고 가르치고 있었다. 세계 초등 드락마르포리에서 나는 나를 내려놓고 내 후배 산악인들을 과거 내가 있었던 자리로 모셨다. 그리고 나는 내 영원한 스승 히말라야의 품에 안기는 것만으로도 만족할 수 있었다. 이제는 후배들이 이룬 성공이 마치 나의 성공과도 같게 느껴졌다. 오르지 않고 보기만 해도 아름다운 히말라야, 내려놓고 비움으로써 새롭게 차오르는 히말라야가 거기에 있었다.

아무도 가지 않은 길

거듭해 말했지만 등반의 매력은 누가 만들어놓은 길을 따라가는 것이 아니라 나의 길을 개척해 가는 것이다. 나만의 길을 가는 것은 긴상된 모험의 세계다. 모험이 결여된 등반은 의미가 없다던 리카르도 카신의 얘기가 아니더라도 내게 등반은 모험이다. 모험은 실패와 성공의 가능성이 모두 열려 있다. 실패의 가능성을 줄이기 위해 나는 나의 지력과 그간의 경험들을 총동원한다. 나를 최상의 상태로 데려다 주는 것이 바로 모험이다. 모험은 그 자체로서 새로운 세계를 발견하는 것이기도 하지만 내 내부의 잠재력을 끌어올려 내가 모르던 나를 발견하는 내면적 성장의 길이기도 하다. 나는 아무도 가지 않은 길을 가지만 그것은 인류가 보행을 시작한 이후 축적되어온 모든 경험들을 최전방에 세우고 가는 것이다. 산이 나를 허락하더라도 내가 준비되지 않으면 산에 오를 수 없다. 덤벙대다간 고소 적응에 실패해 좌절할 수도 있고 적기를 놓쳐 실패할 수도 있다.

따라서 산에 오르는 것은 많은 경우 나와의 싸움이다. 잘 먹는 것에서부터 나는 나를 제어하지 않으면 안 된다. 금방이라도 달려가고 싶지만 인내하며 한 걸음 한 걸음을 옮겨놓아야 한다. 나는 천천히 가는 것이 가장 빨리 가는 것임을 알고 있다. 그러나 내 안에 섣부른 욕망과 나의 말초적 감각들은 나의 더딤을 책망한다. "빨리 가지 않고 뭘해?"라고 추궁한다. 그런 가벼운 욕망들이 수시로 나를 자극한다. 그런 가벼운 욕망들은 이제 극한의 상황에 부닥치면 정반대로 바뀌어버린다. 정상을 앞둔 한계 상황에서 또 그것들은 나를 유혹한다. "더 이상은 안 돼! 숨을 쉬기도 힘들고 체력은 고갈되었잖아. 저 밑에는 따뜻한 캠프가 있어. 이제 돌아 내려가자."라고 속삭인다.

랑탕 지역은 '야크를 따라가다'라는 뜻이다. 고산지대이므로 야크처럼 천천히, 그리고 꾸준히 가야 한다는 뜻일지도 모른다. 이번에 세계 초등길에 오른 드락마포리는 산에 오르는 일보다 산에 접근하는 과정이 더 힘들었다고 말할 수 있는 산이었다. 산을 찾아가는 히말라야의 듬직한 짐꾼 야크는 어디를 가거나 항상 일정한 걸음을 유지하며 느릿느릿 걷는다. 인간처럼 가벼운 욕망에 휘둘리는 존재는 야크의 느릿느릿한 걸음이 답답해 보일지 모른다. 그러나 야크는 느리게 걷지만 결국 가장 빨리 목적지에 도달한다. 고산지대에 완벽하게 적응한 야크만의 보법처럼 히말라야 원정대는 느리지만 꾸준히 앞을 향해 나아가야 한다.

사람들은 나보고 야크를 닮았다고 한다. 얼굴을 덥수룩하게 덮고 있는 털 때문에 그렇게 부르기도 하겠지만 곰곰이 생각해 보면 나의 늦깎이 등반 인생을 빗대어 말하는 것인지도 모른다. 내가 히말라야에 오르기 시작한 것은 40대에 이르러서다. 그러나 느리게 시작했을지 모르지만 나는 에베레스트를 삼수만에 올랐고, 도전을 멈추지 않고 꾸준히 이어왔다. 내게는 히말라야의 모든 것이 스승이었다. 느릿느릿 걷는 야크도 예외는 아니었다.

옛말에 '삼인행에 필유아사'라는 말이 있다. 세 명이 가면 반드시 나의 스승이 있다는 뜻인데 세상 모든 것으로부터 우리가 배울 수 있다는 의미일 것이다. 그런데 히말라야가 유독 특별한 이유는 히말라야에 들면 내가 훨씬 겸손해지기 때문인지도 모른다. 심지어 야크에게도 배우니 말이다. 에이브러햄 링컨이 "나는 천천히 걸어가는 사람입니다. 그러나 뒤로는 가지 않습니다."라고 한 말의 의미를 나는 히말라야에서 찾았다.

나와 히말라야의 드라마

나는 히말라야에서 인간적으로 성숙해졌다. 나에게 산은 산 그 자체이기도 했지만 산으로부터 받는 질문에 답하는 과정을 통해 만들어지는 산과 인간의 드라마였다. 산은 나에게 묻는다. "왜 오르려는가?" "무엇을 얻으려고 하는가?" 나의 히말라야 20년은 그 답을 찾아가는 과정이었다. 그래서 히말라야는 나의 종교였고, 나의 철학이었다.

세계 초등 드락마르포리 원정을 통해 나는 또 다른 히말라야의 계시를 받았다. 그것은 "받았으면 돌려주라."는 것이었다. 아주 간단한 이치다. 받았으면 받은 만큼 되돌려주어야 한다는 건 쉽게 생각할 수 있는 것이다. 그러나 깨달음의 깊이나 강도는 다르다. 나에게 히말라야는 그 깨달음을 내 존재의 이유로 만들어주었다. 히말라야의 가르침은 머리로 익히는 것이 아니라 몸에 새기는 것이다.

받는다는 것과 되돌려준다는 것은 일종의 대사작용과 같다. 받기만 하고 내놓지 않는 것은 자연계에서 존재할 수 없다. 식물도 햇빛을 받고 땅에서 물을 흡수하여 광합성을 한 뒤, 산소

를 내어놓고 꽃과 과실을 익혀 동식물에게 되돌려준다. 인간의
신체도 음식물을 흡수하고 에너지를 만들어 노동을 통해 새로
운 세계를 창조한다. 이렇게 에너지를 저장만 하는 것이 아니라
내어놓음을 통해 육체도 건강한 상태를 유지하는 것이다. 일방
적인 축적과 저장은 자연계에서 불가능한 존재 양태다. 그것은
불구(不具), 즉 갖춰져 있지 않은 것과 같다. 들숨이 있으면 날
숨이 있다. 흡수만 하고 내어놓으려 하지 않는 것은 일종의 암
세포 같은 것이다. 자신은 증식시키는 것만이 목표다. 주고받는
활발한 대사작용과는 무관한 세계다. 결국 그것은 건강한 신체
를 잠식하고 파괴한다. 일방적 저장과 축적과 같은 병적인 현상

은 우리 사회에서도 목격된다. 바로 자본 축적의 논리다. 자본은 축적 자체를 목표로 한다. 수많은 사람들이 굶어죽고, 수많은 사람들이 비정규직과 실업자로 힘겨운 삶을 이어가도 눈먼 자본은 오직 축적만을 거듭한다. 건강한 사회는 축적된 재부를 사회 전체에 환원해 에너지가 골고루 퍼지게 하고 그 힘으로 새로운 대사 작용을 이어가는 사회이다.

드락마르포리를 오르며 나는 또다시 물었다. 이제 내가 해야 할 일은 무엇인가?

나는 히말라야라는 선계와 나의 이웃들이 살을 부비고 사는 속계를 드나든다. 마치 속계와 선계의 전령사 같다. 도회의 삶에 찌들어 사는 이들을 히말라야의 선계로 인도해 속세의 찌든 때를 씻도록 도와준다. 그리고 선계에서 맑게 닦은 마음을 실어 속계로 내려와 선계의 가르침을 풀어놓는다. 새로운 산악인을 양성하는 등산교실과 청소년들을 위한 선도와 극기 프로그램을 통해 내가 돌려줄 수 있는 모든 것을 풀어놓는다. 그러고 보면 준다는 것과 받는다는 것은 순환의 고리로 연결되어 있다. 내가 베풀고 준다는 순간조차 나는 내 속에서 충만해지는 그 무엇인가를 받고 있다. 받으면서는 감사를 '드린다'.

비우는 것은 채우는 것이다. 비우지 않으면 채울 수 없다. 쥐고 있던 것을 놓지 않으면 새로운 것을 쥘 수 없다. 인간이라는 유한한 존재는 이렇게 늘 낡은 것을 비우고 새로운 것을 채우며 살아가는 존재다. 인간적으로 성숙해질수록 자기 안에 더 고

히말라야 원정에 많은 도움을 주신 기원섭님과 오상수님

귀한 명품을 받아들이려 한다. 비싼 명품으로 자신을 치장하는 것이 아니라 자기 자신을 명품으로 만들어가는 것이어야 한다. 자기 자신을 명품으로 만들려면 싸구려 욕망을 비워야 한다. 그리고 그 비어 있는 여백에 보다 성숙된 인간을 받아들여야 한다. 자신의 인간적 면모를 명품으로 닦아나가면 그 빛과 향기가 멀리까지 퍼져나간다. 그에게 배우려는 사람들이 구름처럼 몰려든다. 그러나 싸구려 욕망으로 가득 채우면 악취를 풍기게 되고 사람들은 그와 거리를 두려고 할 것이다. 그것이 내가 산을 통해 배운 것이다.

나는 오늘도 '삶의 유일한 의미는 인류에게 헌신하는 일'이라던 톨스토이의 말처럼 내가 할 수 있는 일을 찾아서 남은 인생을 바치리라 마음을 먹는다.

4장

참다운 성장

노란 손수건
-청소년 힐링캠프

세상에서 가장 아름답고 소중한 것은 보이거나 만져지지 않는다. 단지 가슴으로만 느낄 수 있다.

-헬렌 켈러

누구에겐가는 '테러리스트'였을지 모르지만 우리에게는 '우국지사'로 숭앙받는 안중근 의사는 "세월을 헛되이 보내지 말라, 청춘은 다시 오지 않는다(白日莫虛渡 靑春不再來)."라는 글을 남겼다. 어떤 대중가요에서 "젊은 날엔 젊음을 모르고, 사랑할 때 사랑이 보이지 않았네."라고 노래한 것처럼 흔히 청춘은 그 찬란한 세월을 아까운 줄 모르고 탕진하고 만다. 싱싱한 젊음의 가치는 젊었을 땐 모르는 법이다. 안전운행에만 익숙한 기성세대는 도저히 상상하지 못한 혁신적인 아이디어와 도전정신을 발휘하는 것이 젊음이다. 그 젊은 에너지가 세상을 바꾸는 법이다.

애플의 창업자 스티브 잡스는 청년들에게 타인의 삶을 살지

말라고 가르쳤다. 유한한 인생인데 타인의 삶을 사는 건 시간 낭비라고 말했다. 나도 남과 크게 다르지 않은 삶을 살았다. 안전한 직장을 좇아 공무원이 되었고, 꼬박꼬박 통장에 꽂히는 월급만 바라보며 살았다. 그러나 내 안에 꿈틀거리는 산악인의 꿈을 위해 나는 늦깎이지만 내가 무의미하게 지내온 모든 지난날들과 과감하게 결별했다.

결국 나는 내 인생의 주인이 될 수 있었고 내가 하는 일에 애착과 자부심을 갖게 되었다. 나는 타인의 삶이 아닌 나만의 인생 경험이 청소년들에게도 좋은 안내자가 될 것이라고 생각하고 내가 할 수 있는 세상을 위한 봉사로서 다양한 청소년 프로그램을 운영하고 있다.

영축산 정상에서

용서와 기다림

범죄의 유혹에 빠져들기 쉬운 청소년들의 범죄 대부분은 단순한 호기심에서 비롯된다. 이런 아이들은 부모나 학교가 보다 세심하게 관심을 가져주면 대부분 제자리로 돌아올 수 있다. 청소년 범죄는 처벌 수위를 높이거나 감시체계를 강화한다고 해서 해결되는 문제가 아니다. 학교라는 공간이 입시경쟁 만능주의로 치달아 서로에 대한 배려와 협동이라는 소중한 가치를 배제하고 있기 때문에 왕따를 비롯한 학교 폭력과 범죄의 길로 접어드는 아이들이 늘고 있는 것이다. 따라서 학교가 진정한 인성교육의 장으로 거듭난다면 청소년 범죄 또한 줄어들 수밖에 없을 것이다. 실례로 경기도의 혁신학교들은 협동과 배려를 모토로 아이들이 공동으로 문제해결을 하도록 하고 있는데, 이를 통해 아이들은 서로가 서로의 경쟁자가 아니라 함께 문제를 풀어나가는 소중한 동료임을 자각하게 된다. 따라서 이 혁신학교에서는 학업을 포기해 수업시간에 잠자는 아이도 없고, 왕따도 사라지게 된다. 이렇듯 학교가 달라지면 아이들도 달라질 수밖에 없다.

청소년단체와 일선 학교에서 수많은 대책 등을 나름대로 쏟아 내고 있으나 실효를 거두지 못하고 있는 것 또한 사실이다. 나는 학교 폭력 등 학교 부적응 청소년을 위한 청소년 힐링캠프 '노란 손수건'을 통해 많은 청소년들과 함께 지낼 기회를 가졌다. 사실 나는 이 프로그램을 통해 '학교 부적응 청소년'이라는 딱지조차 그들에게 일종의 멍에일 뿐만 아니라 스스로가 나는 그런 사람이라고 되뇌이면 그렇게 되어버리는 '자기충족적 예언'과도 같은 것이라 마음에 들지 않았다.

　내가 관여하는 '노란 손수건' 프로그램은 용서와 기다림의 의미를 담고 있는데 1973년에 발표된 'Tie a Yellow Ribbon Round the Ole oak tree'라는 팝송의 노랫말을 음미해보면 그 의미가 잘 드러난다.

간월재에서

"나 집으로 가고 있어요. 나 형량을 다 마쳤어요.(I'm coming home, I've done my time.)"로 시작되는 이 노래는 형기를 마친 어떤 사내가 고향으로 돌아가면서 자신이 사랑했던 한 여인이 자신을 용서해줄 수 있을지 두려움 속에 질문해보는 내용이다. 그 사내는 자신의 옛 연인에게 편지를 써 보냈다. 만약 그대가 아직 나를 사랑하고 나를 받아들일 수 있다면 "노란 리본을 늙은 오크나무에 걸어주세요.(Tie a yellow ribbon round the ole oak tree.)"라고 말한다. 그리고 만약 버스를 타고 그 마을을 지나다 리본이 걸려 있으면 내릴 것이고 그렇지 않다면 그냥 스쳐 지나가겠다는 뜻도 담았다.

그런데 막상 버스가 그 마을을 지나칠 때 그는 그 나무에 노란 리본 하나가 아니라 100개의 노란 리본이 늙은 오크나무에 걸려(hundred yellow ribbons round the ole oak tree) 있는 것을 보게 된 것이다.

▲▲▲

'노란 손수건' 프로그램은 청소년에게 적합한 여러 가지 활동을 통해, 가해학생에게는 뉘우칠 기회를 주고, 피해학생들에게는 마음의 상처를 치유할 수 있는 기회를 제공한다. 내가 운영하는 사단법인 영남등산문화센타에서 의뢰받은 '청소년 힐링캠프'는 영남알프스를 무대로 하여 1박 2일 또는 2박 3일 일정으로 운영되고 있다.

인내는 쓰다

기성세대인 부모나 어른들이 볼 때 청소년들은 허황된 꿈과 끝없이 방황만 하는 문제아처럼 보인다. 그러나 그들 또한 기성세대에 대한 반감이 크다. 그들은 새로운 것에 대한 끊임없는 욕구와 함께 급진적이고 비판적이다. 이런 청소년들 중 다수가 가정과 학교교육의 기능이 크게 약화된 시점에서 심각한 가치혼란에 빠져 있다. 그 어느 때보다 관심과 사랑이 필요한 시기인 것이다. 그들은 엄청난 에너지가 있고 창의성과 열정이 가득하다. 그들은 확실한 나침반을 갈망한다. 그런데 보통 청소년 활동 프로그램을 보면 목표나 그 내용이 너무나 추상적이거나 이론적이다. 확실하게 동기부여를 해줄 수 있는 부분이 부족하다.

청소년들은 앞으로 살아가면서 많은 선택을 하게 될 것이다. 어떤 선택을 할 것인지 스스로 판단하고, 거기에 책임을 지지 않으면 안 된다. 온실의 화초처럼 편하게만 자라온 청소년들에게 장거리 등산 체험은 산이라는 공간에 갇혀서 한계 상황에 처하는 자신을 되돌아보고, 또 그것을 돌파하려는 의지를 다지고,

기어이 종주를 완성함으로써 자신을 반성하고 성숙시키는 좋은 기회가 된다.

노란 손수건 프로그램에 참가하는 청소년들에게 자신의 모든 짐을 배낭에 넣고 영남알프스 1,000m 이상의 산들을 넘어가는 산악행군을 하자고 하니 시작부터 불만투성이었다. 배낭의 중량도 만만치 않은데 평소 해보지 않은 장거리 등산을 할 생각을 하니 엄두가 나지 않았던 것이다.

"1,000m가 넘는 산을 걸어서 넘는다고요?"

"와~! 우리가 무슨 천리 행군하는 군바리가?"

"나는 평발이라 산은 못 타요."

"우리가 무슨 죄를 지었다고 이 고생을 시키세요?"

그런 가운데서도 체력이 좋아 보이는 U학교의 B군은 빨리 가서 쉬고 싶은지, 가던 걸음을 멈추고 자꾸 묻는다.

"얼마를 더 걸어가면 되나요?"

그러면서 빠른 걸음으로 앞서 나간다.

"B군, 다른 친구들이랑 보조를 맞춰."

"어차피 각자가 알아서 가는 거 아녜요? 먼저 가서 먼저 쉬는 게 뭐가 문제예요?"

공동 생활에 익숙하지 않은 태도였다.

"빨리 가서 먼저 쉬고 싶은 마음은 충분히 이해할 수 있어. 다른 친구들이 못나 보일 수도 있겠지만 공동체란 특별한 힘을 가진 거야. 우리가 함께 힘을 합친다고 생각할 때 개인이 가진

힐링캠프에 참가한 청소년들

힘보다 더 큰 힘이 생기게 되지. B군은 다른 친구들보다 체력도 좋으니까 약한 친구들도 좀 챙겨준다면 우리 공동체는 더 튼튼해질 수 있지 않겠어?"

힘들어 죽겠다는 소리가 비명에 가까워질 즈음 우리는 정상에 올랐다.

간월산을 올라보니 영남 알프스의 억새평원이 동화 속 그림 같았다. 바람에 나부끼는 억새 이삭들이 금빛 분가루를 털어내듯 햇볕을 받아 반짝였고 부는 바람에 따라 일제히 출렁거리는 부드러운 솜털들이 마치 우리 아이들의 합창과 군무를 보는 듯

했다. 힘들게 정상까지 올라와준 우리 모두를 축하하고 응원하는 듯 억새들이 군무 퍼레이드를 펼치는 순간, 모두가 그동안 힘든 과정은 잊은 채 탄성을 연발했다.

간월재에서 1박을 하고 나니 서로가 조금은 익숙해졌다. 아이들은 신불산을 넘고 신불재에 도착해서 간단한 미션과 점심을 해결하고 영축산으로 향했다. 간월재에 오르는 것만큼 영남 알프스의 공룡능선을 타는 것도 쉬운 길은 아니었다. 여기서도 어깃장을 놓고 못 걷겠다고 주저앉는 친구가 있었으나 그 누구도 그 친구를 대신해 걸어줄 수 없는 곳이 산이었다. 이런 한계 상황에서 주저앉아 있는다고 문제가 해결되지 않는다는 것이 명백한 만큼 그도 어쩔 수 없는 자기의 한계를 넘어 젖산이 쌓여 있는 고통스런 근육을 움직이지 않으면 안 되었다. 이렇게 우리는 가까스로 영축산에 도착했다.

정상에서 발아래 펼쳐지는 세상을 바라보며 큰 숨 한 번 고르고 다시 죽바우등을 넘어 통도사로 내려가는 청소년들의 뒷모습을 보니 거의 부상당한 패잔병 수준이었다. 할 수 있다는 자신감을 가지라고 분위기를 다잡아보았지만 아이들은 "이제 저의 한계라구요!"를 외치며 자꾸 주저앉았다. 그러나 그 모든 일정을 마치고 나면 힘들어도 산악 행군을 통해 느끼는 일종의 카타르시스는 아이들에게 무엇과도 바꿀 수 없는 경험이 되었다. 불가능해 보이는 일을 해낸 것처럼 자신감을 갖는 아이도 생겼다.

컴퓨터 게임처럼 말초적 자극에만 익숙해 있는 아이들은 투입(in put)과 산출(out put)이 동시에 이루어진다. 엔터 키를 때림과 동시에 화면전환이 이루어지지 않으면 답답해하고 조급증을 느끼며, 투입과 동시에 결과를 보지 않으면 쉽게 짜증을 낸다. 등산과 같이 장시간 인내를 통해 성취하는 것이 어떤 것인지 모르는 것이다. 부모에게서 용돈을 얻어다 쓰는 아이들은 돈을 버는 과정의 고통을 생략한 채 용돈을 구하고 있다. 그러나 세상일이란 거저 얻어지는 게 아니다. 땀 흘려 일하고 그 대가를 얻는 것이다. 땀 흘려 오른 정상에서 맞이하는 바람이 더 시원한 것처럼 땀 흘린 대가를 얻을 때 그 돈의 소중함을 깨닫는 것이다.

▲▲▲

청소년들에게 모험심과 개척정신을 심어주도록 해야 한다는 생각이 앞서 간혹 무리가 따르기도 했다. 그러나 스스로 선택해본 적도 책임져본 적도 없는 꿈 많은 청소년들에게 영남알프스라는 대자연에서 펼쳐지는 1박 2일의 산속 생활은 그들에겐 생애 가장 소중한 시간이었을 것이다.

길은 따라가는 것이 아니라 만들어가는 것이다. 우리의 미래를 지고 나갈 청소년들에게 무한한 신뢰를 보내며 나는 그들과 함께 내일도 산을 오를 것이다.

어설픈 가르침은 싫어요

미래는 그냥 오지 않는다는 말이 있다. 그렇다! 미래는 그
냥 오는 것 같아도 우리가 쌓아온 과거와 현재가 만들어
내는 것이다. 청소년들의 미래를 생각한다면 기성세대가 책임
져야 할 것이 너무 많다. 나는 배우고 가르치는 청소년기를 잘
보내야만 미래가 밝다고 생각하고 겨울철 청소년 힐링캠프에
임했다.

"여기가 어디에요?"

"간월산 골짜기란다."

"이 추운 겨울에 저 까마득히 높은 산을 올라가는 건가요?"

"그래, 여기서 보면 아득해 보이지만 천천히 오르다 보면 어
느새 정상을 밟게 된단다. 그러니 너무 걱정 안 해도 돼."

"그래도 싫은데…."

"비록 몸은 힘들어도 정말 뿌듯한 경험을 하게 될 거야. 자!
그럼 몸부터 풀어보자고. 국민체조 시~작!"

힘차게 구령을 부치며 하자고 해도 아이들의 목소리는 기어
들어가 나오지도 않는다. 초반부터 어수선하다. 그러나 억지로

구호를 외치게 하고 조별로 출발했다. 30여 분 올라가니 볼멘 소리가 터져 나온다. 어떤 학생은 나보고 목적지가 어디냐고 따지듯이 묻기도 했다. 자발적으로 참가하는 아이들도 없진 않지만 이른바 '학교 부적응 청소년'이란 딱지가 붙어 경찰서까지 가서 지도를 받아야 할 의무가 있는 친구들이라 억지로 온 아이들이 대부분이었기 때문이다.

나는 어설프게 아이들을 가르치려고 들지 않았다. 그저 아이들 이야기에 귀를 기울여주는 것만으로도 아이들은 달라지는 것을 경험했기 때문이다. 아이들은 어른들을 늘 '금지'만을 명령하는 꼰대들로 생각한다. 나는 아이들을 산으로 안내하고 아이들에게 산의 숨결을 느끼고 산이 들려주는 이야기를 들어보라고 권유할 뿐이다. 아이들은 자연과 교감하며 스스로 배울 것이다.

내가 알고 있는 것은 산은 힘들고, 위험하고, 냉정한 곳이라는 것이다. 준비된 자만이 오를 수 있는 곳인 산에 기초적인 등산지식이 전혀 없는 청소년들을 데리고 산악활동을 하기란 쉬운 일이 아니다. 그러나 산이라는 환경은 처음부터 포기하지 않는 이상 죽으나 사나 숙영지까지 갈 수밖에 없고, 그 힘든 산행을 통해 아이들의 정신은 성숙한다. 편안한 집과는 딴판인 산속에서 불편한 하룻밤을 보내는 것이 아이들에게 익숙하진 않지만 아침일찍 마음을 다잡고 산길을 걸어가면 대자연과 동화되면서 금세 얼굴이 밝아진다. 산이 주는 깨우침과 힐링의 효과다.

산이라는 자연은 신(神)이 만든 위대한 도서관이라고 했다. 지금 우리의 교육은 지식 위주의 교육이며, 학업능력만 최고의 재능으로 인정할 뿐 다른 모든 것은 무시해버린다. 부모의 기대와 아이들의 목표는 모두가 명문대학에 진학해 의사와 변호사가 되는 데 집중되어 있다. 이렇게 되면 명문대에 진학하는 소수만 빼고 대다수가 낙오될 수밖에 없다. 이게 우리들의 슬픈 현실이다.

아이들은 등산가와 같은 본능을 타고난다고 한다. 아이들이 스스로 목표를 세우도록 격려하고, 또한 목표를 달성할 수 있도록 자신감을 키워주어야 한다. 젊은 날에 이룬 것들이 인생의 밑거름이기 때문이다. 자신을 바꾸고자 하는 아름다운 열정만 있다면 절반은 성공한 셈이다. 우연한 기적은 결코 없다.

위대한 스승은 가슴에 불을 지른다

요즈음은 선생님들이 학생들의 눈치를 보는 시대다. 평범한 교사는 말만 하고, 훌륭한 교사는 모범을 보이고, 위대한 교사는 제자들의 가슴에 불을 지른다는 말이 있다. 우리는 모두 이 위대한 스승을 바라고 있다. 나는 노란 손수건 힐링캠프에서 가끔 아이들이 속을 터놓고 하는 얘기들을 내 귀를 의심하면서 듣는다. 어린 아이들의 이야기라고는 도저히 믿기지 않을 정도로 병들어 있는 현실 앞에서 망연해지는 경우가 한두 번이 아니었다. 돌이켜보면 나 또한 청소년기에 어른들의 말을 그렇게 잘 들은 편은 아니었다. 쉽게 외곬으로 빠지는 나를 어른들은 위태롭게 지켜보지 않았을까? 삶은 언제나 문제로 가득 차 있다. 그런데 우리 사회는 불확실한 것을 잘 참아주지 않고, 확실한 것을 요구한다. 그러나 노란 손수건의 의미처럼 믿고 불을 밝히고 기다려준다면 이들도 결국 길을 찾아낼 것이다. 나는 그렇게 믿는다.

모 중학교의 '꿈키움' 학생들과 담임 선생님이 함께했던 2박 3일 일정의 사제동행 영남알프스 종주 기억을 떠올려본다. 통도사 주차장에서 영축산을 오르는데 얼마 지나지 않아 아이들이 힘들어했다. 선두와 후미가 갈라지고 가다 쉬기를 반복하며 겨우 영축산 정상에 오르니 어둠이 깔려왔다. 랜턴으로 길을 비추며 신불산 아래 신불재에 도착하자 찬바람이 불어 아이들은 이구동성으로 "추워 미치겠어요. 얼마를 더 가야 합니까?" 하며 볼멘소리를 냈다. 신불산 정상을 오르고 조금만 내려서면 된다고 설득해도 못 믿겠다는 듯 원망의 눈으로 날 바라보았다.

사람 키 높이보다 더 큰 가을 억새 수풀 속으로 랜턴을 켜고 지나가는데 한 아이가 "보험은 들었어요?", "엄마가 보고 싶어요.", "내가 죽으면 어떻게 되나요?" 하며 불길한 소리를 해댄다. 이런 아이들을 어르고 달래며 천지를 분간할 수 없는 억새풀 능선을 빠져나와 신불산 임도를 만나니 모두가 살았다는 안도감과 피로감까지 겹쳐오는지 이제는 숙영지인 휴양림은 어디냐고 물었다. 조금 더 내려가야 한다고 하자 또 속았다고 투덜댄다. 아이들이 그러거나 말거나 나는 편안함이 끝나고 험난과 불편이 시작될 때 인생의 가르침이 시작된다고 믿었기에 이런 힘든 산행이 아이들을 성숙시킬 것이라 여기며 여유롭게 아이들을 인도했다.

피할 수 없다면 즐기라는 말이 있다. 산이라는 공간이 그런 곳이다. 기왕 올라왔으면 목표지점까지 가지 않으면 안 된다. 회피할 수 없는 상황이라면 그 상황을 먼저 이해하기 위해 배워야 한다. 새로운 배움이 시작되는 것이다. 그리고 사람들과 함

께 역경을 헤쳐나가는 가운데 뜻하지 않는 보람을 얻게 되는 것이다. 산이 주는 즐거움이다.

신불산 휴양림에서 선생님들이 손수 요리해주는 정이 듬뿍 담긴 만찬은 고생 끝의 낙이었을 것이다. 함께 힘든 산행을 한 사제지간의 거리도 급속히 가까워졌다.

이튿날도 간월산과 능동산을 넘어 재약산 수미봉까지 갔다가 주암계곡으로 하산하는 쉽지 않은 코스였다. 간월산에서 한 학생이 못 가겠다고 뒤처지기도 했지만, 선생님이 설득해 다시 걷고 능동산 오르막을 모두 용감하게 치고 올라가는 등 선생님과 아이들은 하나가 되어 힘든 산행을 마무리했다. 이런 과정을 함께한 아이들과 선생님들 간의 장벽은 쉽게 무너졌다. 2박 3일 동안 사제지간에 그 어느 때보다 많은 대화가 있었고 존경과 이해로 아름다운 동행을 마무리하였다.

헬렌 켈러는 "인격이란 평온과 고요 속에서는 발전하지 않는다. 시련과 고통을 통해서만 영혼은 단련되고, 목표가 명확해지며, 열정이 타올라 원하는 바를 성취할 수 있다."고 말했다. 시련과 고통 속에서 열정을 불태우도록 한 그것은 바로 다름 아닌 산이었다. 그렇다. 산은 위대한 스승이다.

탐험가의 세계는 왕복이 없는 편도다

산에 오른다는 것은 그 어떤 대가도 바라지 않는 무상의 행위다. 왜 산에 오르느냐는 질문에 돈이나 명예, 혹은 권력 때문이라고 말하는 산악인은 아무도 없다. 물론 특수한 경우, 히말라야 14좌 완등과 같이 세계적인 산악인의 반열에 오르는 명예가 따르기는 한다. 그러나 그것은 부수적인 것일 뿐이다. 대부분의 산악인들은 "산이 거기에 있기 때문"이라거나 나처럼 무조건 "산이 좋아서"라고 말할 뿐이다. 건강을 위한 등산은 '산행'이라고 하지 '등반(alpine)'은 아니다.

등산의 본질은 미지의 세계를 탐색하는 모험이라는 의미가 가미되어 있다. 정주해 뿌리내리려는 인간의 보수성과 달리, 자기 세계에 만족하지 않고 끊임없이 새로운 세계와 교신하고 접촉하고 확장하려는 진보적인 인간의 본성이다. 1백 자로 써 내려 간 산악인 백자선서는 이런 산악인의 정신을 잘 담아내고 있다.

산악인 백자 선서

산악인은 무궁한 세계를 탐색한다.
목적지에 이르기까지 정열과 협동으로
온갖 고난을 극복할 뿐 언제나 절망도 포기도 없다.
산악인은 대자연에 동화되어야 한다.
아무런 속임도 꾸밈도 없이
다만 자유, 평화, 사랑의 참 세계를 향한
행진이 있을 따름이다.

낭가파르바트에서 동생 권터를 잃고 부인과도 헤어져 절대 고독의 상태였던 라인홀트 메스너도 이 백자선서처럼 온갖 고난을 극복할 뿐 절망과 포기를 몰랐다. 그는 실패를 딛고 낭가파르바트에 다시 알파인 스타일로 단독등정을 하는 초유의 도전에 나서면서, 어떤 공포나 두려움을 넘어 초자연적인 존재와의 공존을 느낀다고 했다. 백자선서처럼 대자연에 동화되어 아무런 속임도 꾸밈도 없는 상태로 나아간 것이다.

그는 산을 정복하려고 온 것도 아니고 영웅이 되어 돌아가기 위해서도 아니라고 말했다. 오히려 두려움 속에서 이 세계를 새롭게 느껴보기 위해서라고 했다. 그러나 종국에 홀로 있을 그 고독이 두렵지 않으며 오히려 그 고독이 자신을 지탱해준다고까지 말하고 있다. 사람과 부대끼는 상태에서의 '검은 고독'을 넘어 대자연과 하나가 되어 온전한 자신을 찾은 '하얀 고독'의 상태로 자연과의 완전한 동화를 이루고 그는 돌아왔다.

일본 탐험가 우에무라 나오미의 모험을 보고 있노라면 과연 저게 인간인가 싶을 정도로 놀라운 기록에 혀를 내두르게 된다. 북극점°도 단독으로 정복하고 그린랜드를 단독으로 종단하고, 북극권 12,000km를 단독으로 주파한 그는 이 지구상에서 인간의 한계는 없다는 걸 자기 몸으로 증명해 보이고 싶어 했는지 모른다. 그의 북극

> 북극점(Arctic) :
> 지구의 가장 북쪽, 북위 90°
> 지점. 북극해의 가운데 있으
> 며, 북극점 지점의 깊이는
> 4,087m이다.

권 모험을 담고 있는 『안나여, 저게 코츠뷰의 불빛이다』라는 책이 있는데, 책 제목이 참 소박하다. 그러나 나는 같은 산악인으로서 허식이 하나도 없는 그 제목이 가슴에 와 닿는다. 인간의 생존이 불가능한 북극권에서 2년간 썰매를 모는 개들과 함께 12,000km를 달려와 마지막 목적지에 도달한 인간 승리의 감동이 그대로 전해지기 때문이다.

세계 최초로 히말라야 14좌를 완등한 라인홀트 메스너의 책 제목도 『나는 살아서 돌아왔다』인데 거인들의 위대한 업적을 담고 있는 책 치고 제목이 너무 소박하다. 기껏 "이제 다 왔다" 거나 "무사히 살아서 왔다"는 것이니 말이다.

▲▲▲

탐험가의 세계는 왕복이 없는 편도다. 시위를 떠난 화살과도

같은 것이다. 화살이 활시위에 머물러 있을 때는 숨을 죽여 과녁에 집중한다. 그러나 한 번 시위를 떠나면 되돌아올 수가 없다. 목표에 가서 꽂혀야 한다. 탐험가는 무한한 우주로 떠난 보이저호 같은 존재다. 미지의 세계를 향해 끝없이 나아간다. 까마득한 우주 공간 너머 최초로 만난 세계를 경이로운 눈으로 만나는 개척자인 것이다.

산은 길이 끝난 데서 시작된다

같은 산이라도 어떤 경로로 오르느냐에 따라 전혀 새로운 등산이 된다. 그리고 대규모 원정대를 꾸려서 베이스캠프를 치고 고소캠프를 만들면서 등정하는 극지법에서 소규모의 알파인 스타일로 등반을 하는 산악인이 점차 늘고 있다. 산은 길이 끝난 데서 시작된다는 말이 있다. 다른 사람들이 이미 걸었던 길을 답습하는 것이 아니라 자기만의 고유한 루트를 개척하는 것이 진정한 의미의 등산이라는 뜻이다.

셰르파의 도움도, 산소통과 고정 로프의 도움도 거의 받지 않고 장비를 최소화해서 등반하여 순수 알피니즘을 추구했던 산악인 메머리는 누가 먼저 정상에 올랐나보다 어떻게 올랐느냐가 더 의미 있고 중요하다고 말했다. 메머리의 이 같은 말은 우리에게 많은 걸 시사해준다. 등정주의에 따르면 에베레스트는 이미 힐러리와 텐징 노르게이가 처음으로 등정하면서 나머지 모든 도전자들이 후순위로 밀려난다. 그러나 등로주의를 택하면 완전히 달라진다. 자기만의 고유한 루트, 자기만의 고유한 방법으로 오르면 그 모든 것이 최초의 것이 된다. 힐러리보다 늦게 태어나 에베레스트 초등을 빼앗긴 후세대들에게는 당연히 과정을 중시하는 등로주의의 관점이 훨씬 매력적일 수밖에 없다. 우리는 누구나 'Best one'이 될 수는 없다. 그러나 누구든 'Only one'이 될 수는 있다.

히말라야 8,000m급 산 정상은 이미 모두 사람의 발길이 닿았다. 힐러리와 텐징 노르게이에 의해 이미 정상을 허락한 에베레스트에서 등정주의로 따진다면 그 후에 오른 모든 사람들은 탐험이 끝난 곳을 오르는 셈이다. 탐험의 요소가 빠진 등산이 의미가 없다고 한 말에 따르면 최초의 등정자의 뒤를 잇는 이들은 등산의 본질적 요소인 탐험의 의미를 상실하는 것이다.

그러나 등로주의를 채택하면 달라진다. 북면으로 오를 것인가 남면으로 오를 것인가에 따라 루트는 무궁무진하다. 등로주의에 따르면 모든 등반은 초등이라는 말이 맞다. 우리가 초등한 드락마르포리는 그야말로 무궁무진한 탐험의 세계였다. 히말라야에서 드락마르포리라는 산을 찾아가는 과정부터 탐험 그 자체였고, 산을 오르는 과정 또한 미지의 장소에 고소캠프를 설치하면서 새로운 세상을 열어가는 등정 길이었다. 아무도 찾지 않았던 고유한 나만의 길을 만들어간다는 것, 즉 고유성을 찾아가는 일만큼 자신을 충만하게 만드는 일이 또 있을까? 실패와 성공 그 모든 것이 온전히 나의 몫이 되는 이런 등반을 하다 보면 나는 세상의 기준이 아니라 나의 기준을 갖고 살아가는 완전한 주체적 인간임을 자각하게 된다.

그런데 살다 보면 "안 해본 일이 없다."고 말하는 사람을 종종 만나게 된다. 산전수전을 다 겪었다는 사람은 다양한 인생경험을 했다는 의미에서 인정받을 수 있으나 그것은 자신만의 고유한 길을 찾지 못하고 방황하고 있다는 뜻이기도 하다. 등로주의의 관점대로 등반에도 수많은 길이 있듯이 인생의 길도 그렇다. 문제는 거기서 나만의 길, 마이웨이를 찾아가는 것이다. 그러나 현대를 살아가는 대다수의 사람들은 기가 눌려 있어 자기만의 길을 찾지 못하고 기성품에 자신을 맞추려 한다. 자기 안에 잠들어 있는 가능성은 찬란하게 꽃피워주길 간절히 기다리고 있다. 그러나 대부분의 사람들은 그 가능성을 위험한 놈으로 간주하고 억압한다. "꿈과 끼를 키우는 교육"이라고 말하면서 사람들은 오직 좋은 대학, 좋은 직장만을 좇는다. 아이들을 레디메이드(ready-made) 인생에 길들이는 것이다. 그것이 안전하다고 생각하기 때문이다.

그리하여 독수리에게 나무 타는 훈련을 시켜 결국 그의 날개를 꺾어버리고, 다람쥐에게는 헤엄치는 훈련을 강요해 나무타기 챔피언을 무가치하게 만들어버린다. 각자의 내면에 숨 쉬는 고유성의 발현을 억제하는 것이다. 그러나 안전하다고 생각했던 그 기성품에 억압당한 아이들은 기성의 제도에 질식해 자살하거나 완전히 붕괴되어 사회의 부적응자가 되어버리기도 한다. 안전은커녕 이만큼 위험한 일이 어디에 있을까?

지난 세월호 참사를 떠올려보라. 그 많은 아이들의 꿈이 한순간에 수장당해버렸다. 어른들은 아이들에게 "가만히 있으라."고

지시하고 자기들이 먼저 도망가버렸다. 아이들은 가만히 선실에서 대기하며 그저 스마트폰의 '카톡'으로 불안감을 표현하고, 가족들에게 사랑한다는 말을 남기며 물에 잠겨갔다. 어떻게 이런 일이 가능한가? 스스로 자기 머리로 생각하고, 자기 주도적으로 판단하고, 스스로 책임지는 훈련을 받았다면 과연 아이들은 객관적 위기가 시시각각 다가오는데도 '가만히 있으라'는 말에 그렇게 순종하며 죽어갔을까? 나는 이것이 풀리지 않는 의문이고 우리 기성세대에 화가 나는 이유이기도 하다.

법대나 의대에 가는 것이 청소년기의 목표가 되어 있기에 모두가 자기 개성을 죽이고 오직 입시에만 몰입해 있는 현실이다. 그 대열에서 탈락하면 실패한 인생으로 일찌감치 낙인이 찍히고, 대학을 나와서도 안전한 고용을 좇아 공무원 시험을 준비하는 이들로 도서관이 차고 넘치는데 어디서 무엇을 기대할 수 있단 말인가?

청소년들이 문제라고 하는데 실은 어른들이 문제다. 어른들이 아이들의 길을 막고 있는 것이다. 어른들의 물질주의적 가치관을 아이들에게 강요하고, 어른들의 경쟁지상주의적 가치관을 끊임없이 아이들에게 주입시켜 대다수의 아이들을 패배자로 만든다. 물신주의를 부추기는 뻔뻔스런 광고들을 보라. "당신이 사는 곳이 당신을 말해줍니다." 나의 인격은 아파트 크기에 달렸다. "대한민국 1%." 나의 존재 가치는 자동차 배기량에 달렸다. "부자 되세요." 아예 부자 되기를 노골적으로 부추긴다.

정신적 성숙은 설 자리가 없다. 이런 것이 어른들이 만들어놓은 모래성이다.

아이들도 따라 배운다. "10분 더 공부하면 마누라가 바뀐다." 거나 "대학 가서 미팅할래, 공장 가서 미싱할래.", "티코 탈래, 벤츠 탈래."와 같은 살벌한 이야기들이 버젓이 급훈이라고 교실 안에 자리 잡는다. '우주정복'이라는 꽤 원대한 포부를 담은 급훈도 그 아래에 깨알같이 달린 글을 보면 '우/우리는, 주/주 말에, 정/정석을, 복/복습한다'는 서글픈 이야기로 움츠러들고 만다.

아이들을 꾸짖기 전에 어른들이 반성해야 한다. 아이들의 꿈과 끼를 마음껏 펼치도록 어른들이 자신의 책임을 다해야 한다. 그것은 학벌중심 사회를 근본적으로 혁신하는 것과 사회적 안전망을 튼튼히 갖춰 패자부활전이 가능한 복지국가를 만드는 것이다.

세계에서 가장 우수한 교육시스템을 갖고 있는 핀란드의 경우 스웨덴과 함께 대표적인 북유럽의 복지국가로 꼽힌다. 핀란드의 교육은 경쟁교육이 아니라 협력의 힘을 배우는 교육이다. 주입식 교육이 아니라 놀이와 토론식 교육이다. 구구단을 외우도록 강요당하거나 사지선다형 문제를 푸느라 골머리를 쥐어뜯지 않는다. 아이의 발달 정도에 맞추어 천천히 스스로 깨우치도록 유도하는 것이 선생님들의 역할이다.

한국의 교육과는 정반대다. 경쟁지상주의와 성장만능주의에 빠진 대한민국 교육은 수월성 교육, 선행학습 같은 말이 자연스럽게 여겨지는 풍토다. 극소수의 아이들을 위해 대부분의 아이들을 희생시키는 교육이다. 그러나 이곳에서는 선행학습이 다른 아이들에게 질문의 기회를 빼앗고, 선생님의 교육권을 침해하는 행위라고 잘라 말한다.

세월호 참사가 말해주는 것이 무엇일까? 비뚤어진 어른들은 이윤추구를 위한 수직 증축을 감행했고, 사회의 안전망과도 같은 평형수*를 모두 빼버린 채 생명보다 이윤을 추구하며 무리한 운항을 강행하다 결국 아이들을 탐욕의 바다에 수장시켜버렸다. 그 속에 아이들은 가만히 있으라는 어른들의 말만 믿고 착하디착하게 죽어갔다.

평형수(Ballast water) : 큰 배가 복원력을 유지하기 위하여 배 밑에 채우는 물

이제 우리는 경쟁이 아닌 협력, 돈보다는 사람, 학벌보다는 능력이 중시되고 각자의 개성과 창의성을 마음껏 개발하여 그것이 진정한 경쟁력이 되는 그런 사회를 새롭게 만들어나가야 한다. 등정 자체가 목표가 아니라 자기만의 고유한 등로를 개척해나가는 창조적 바보에게 아낌없는 격려를 보내주는 사회여야 한다. 그들의 실패는 고스란히 우리 사회의 자산이다. 무수한 실패의 데이터가 소중하게 취급될 때, 결국 어떤 도전 앞에서도 자신 있게 맞설 수 있고, 감히 넘을 수 없을 거라 생각했던 고산 등정도 이룰 수 있을 것이다. 등로주의의 철학, 바로 그것이 오늘날 우리 사회에 요구되는 것이다.

서평

존재 이유 찾기 위해 자기 한계에 도전하는
늦깎이 산꾼 이야기

김영도 (대한산악연맹 명예회장)

새로운 책이 나왔다. 등반기로서는 제목이 재미있다. 산악인이 많고 멀리 히말라야에 갔던 사람이 적지 않은데 지금까지 눈에 띄는 산행기가 없어 늘 서운하던 참이었다. 게다가 요즘은 기분이 더 우울하다. 와야 할 비는 안 오고, 이름도 이상한 병이 세상을 놀라게 하고 있다. 난숙할 대로 난숙해진 현대문명이지만 한마디로 속수무책이다. 하기야 비가 오지 않는 것을 어떻게 할 것인가.

이런 나날을 보내고 있을 때 〈히말라야는 나이를 묻지 않는다〉(산지니 출판)라는 책이 나왔다는 연락을 받았다. 나는 바로 대형서점으로 달려갔다. 디지털시대, 책이 안 팔리고 책보다는 인터넷과 스마트폰을 상대로 살고 있는 사회 풍조 속에 이런 신간 소식은 나를 놀라게 했다.

필자는 에베레스트 삼수생이라고 자기소개를 하고 있었다. 아무래도 좋다. 나는 우리 산악계가 놀라운 발전을 하면서 등반기다운 등반기 하나 나오지 않는 것이 언제나 마음에 걸리던 참이었다.

라인홀트 메스너는 나와 20년 차이가 있는 산악인이지만, 알피니즘의 세계에 남긴 그의 업적은 그야말로 타의 추종을 불허한다. 그런데 내가 부러워하는 것은 그의 '한계 도전'의 발자취보다 그가 남긴 많은 등반기다. 알피니스트로서 그는 산행에 그치지 않고 반드시 체험기를 남겼다.

250년의 세계 등산 역사 속에서 위대한 등산가와 그들의 산행기가 있다. 에드워드 윔퍼의 『알프스 등반기』, 헤르만 불의 『8,000미터 위와 아래』, 모리스 에르조그의 『안나푸르나』, 존 헌트의 『에베레스트 등반기』 등은 고전 중의 고전이지만, 우리나라 산악계에 뒤늦게 소개된 발터 보나티의 『내 생애의 산들』과 머지않아 나올 리오넬 테레이의 『무상의 정복자』 역시 손꼽히는 산악 고전이다.

등산세계에서 사는 한 생활인의 생활기록

우리 대한민국은 뒤늦게 세계무대에 뛰어들었다. 일제 강점기에 살아온 탓도 있지만 자연조건이 너무나 열악했다. 등산의 무대가 높이 2,000m도 안 되는 저산지대인 데다 국가나 사회적 조건이 문제라면 문제였다. 그러나 언제까지 이것을 구실로 변명으로 삼을 것인가.

오늘날 우리 산악계는 눈부시도록 선진대열에 끼고 있다. 히말라야 자이언트 14개봉 완등의 기록이 그것을 증명하고 있다. 뿐만 아니라 뛰어난 많은 젊은이들이 원정에서 돌아오지 않았다. 알피니즘의 세계는 원래 그런 것임을 우리 산악인들은 잘 알고 있다.

그런데 여기 늘 서운한 것은 그토록 놀라온 발전 속에 등반기가 없다는 이야기다. 그때그때 보고서가 나왔지만 그것은 체험기가 아니다. 자기 한계에 도전한 처절한 기록이 아니다. 생명을 걸고 스스로 그 길을 갔던 자들의 고상하고 소중한 기록을 보고 싶은 것은 책을 좋아하고 독서 취미를 가진 사람의 하찮은 욕망이 아니다. 산악인이나, 산과는 관계가 없는 사람이나 그 특이한 인생 체험을 부귀와 명예와 거리가 먼 길을 치닫고 있는 산악인들의 세계가 도대체 무엇이며 어떤 곳인지 알고 싶다.

책을 쓴다는 것은 쉬운 일이 아니다. 글을 쓸 줄도 알아야 하겠지만, 문제는 자기의 체험을 정리하고 남김으로써 자기가 살아온 흔적을 남들이 추체험할 수 있도록 한다. 인생은 지식과 체험의 누적 과정이라고도 할 수 있으나, 그것을 기록물로 남기는 것은 문화의 축적이다. 사적 유적만이 문화가 아니다. 책에 고전이 있는 까닭이다. 책은 잘 써야 하는 것이지만, 책의 생명은 우수한 문장에 있지 않으며, 그 내용에 있다.

『히말라야는 나이를 묻지 않는다』는 산악인 이상배의 첫 작품인 셈이다. 나는 저자를 그의 책에서 처음 알았는데, 그의 말대로 그는 뒤늦게 등산 세계에 뛰어들어 지금까지 꾸준히 그 길만 갔다. 그의 산력은 놀랄 만하다. 아무리 생활 조건이 좋아졌다 하더라도 1990년대 나이 40대에 시작한 그가 히말라야를 누비고 세계 5대륙 최고봉에 도전했다는 것은 정말 놀라운 일이다. 시대가 사람을 만들었다고 해도 좋다. 산악인은 많아도 그들이 간 길은 모두 다르다. 에베레스트에 하루 수백 명이 오르는 시대이기도 하다.

그러나 나는 달리 생각하고 싶다. 솔직히 말해서 나는 그의 평범치 않은 산행 기록보다는 그가 남달리 책을 썼다는 것, 그리고 그 속에 여기저기 비친 남다른 글귀들이다.

이 책은 한 산악인의 산행기가 아니다. 산에 갔다 와서 일기처럼 기록한 책이 아니다. 그가 뒤늦게 시작하면서 그 누구보다 앞서 나갔던 그 의욕과 정열이 그대로 체험기에 들어 있다는 이야기다. 적어도 나는 그렇게 보고 싶다. 그 많은 산악인이 히말라야를 다녀와서도 체험기 하나 내지 못하고 있는 현실을 아는 나로서는 그렇게 보는 수밖에 없다.

지난 산서회에서 그의 책을 놓고 이야기할 때 나는 그 책의 저자를 처음 보았다. 그는 극히 평범하고도 온순한 장년이었다. 그의 나이는 그의 책에서 처음 알았지만 나는 원래 남의 학벌이나 나이에 관심이 없다. 그가 어떻게 살아왔는지만이 나의 관심사다. 그중에서도 뒤늦게 이런 책을 썼다는 것 그 하나로 나는 이상배에 호감이 갔다.

실은 그의 책 속에 여기저기 비치는 알피니즘의 핵심, 여러 선구자들의 체험에서 우러나온 그 키워드들, 나는 그 출처들을 알고 있어서 더욱 흥미로웠는데, 그는 결코 그것을 밝히지 않았다. 권말에 흔히 있는 참고문헌도 없다. 그것은 무엇을 의미할까. 나는 그의 책을 읽어 나가며 그 키워드가 적절히, 아주 깨끗이 자기 것으로 소화돼 있다는 것을 느꼈다. 이상배라는 산악인의 등산정신이 단단히 형성되었다는 느낌이 들었다. 무척 반가운 일이다.

"등산은 스포츠가 아니라 삶의 방법"이라는 조지 핀치의 말이 있지만,『히말라야는 나이를 묻지 않는다』는 산악인의 책이라기보다 등산세계에서 사는 생활인의 생활기록이다. 이 책은 그가 1990년 나이 40에 시작한 산행기록이라기보다는 그때그때 오지를 돌아다니며 느낀 자기의 인생 기록이다. 목차에 그것이 잘 나타나 있으며, 그런 목차 가운데 '등산은 학문이다'라는 것까지 있다. 원정에서 책을 펼쳐 든 사진도 있다. 내가 아는 책이다.

나는 사람을 산에 가는 사람과 가지 않는 사람으로 나누길 좋아한다. 그리고 산사람도 책을 읽는 사람, 글을 쓰는 사람으로 나누곤 한다. 사람이 산에 가고, 책을 읽으며 글도 쓴다는 것이 얼마나 우리 인생을 보람 있게 하는가 새삼 이야기할 것도 없다. 이러한 이야기는 문명과 자연의 틈바귀에 끼어 살고 있는 우리 인간의 조건 가운데서도 너무나 소중한 일이 아닐까.

자기 한계에 도전하는 이유 일깨워 주는 책

이 책의 필자는 등산은 학문이라고 단정하다시피 했는데, 바로 여기 등산의 특수성이 있다. 등산이 일종의 야외 스포츠이면서 일반 스포츠와 다른 근거가 거기 있다.

앞으로 우리나라에도 국립등산학교가 문을 연다는데, 유럽의 최고봉 몽블랑을 자랑하는 프랑스 샤모니에 국립스키등산학교 (ENSA)가 있는 것은 세계가 알고 있다. 그런데 늦깎이 등산국인 대한민국이 표고 1,708m의 설악산 기슭에 국립등산학교를 열게 됐다는 것을 우리는 어떻게 받아들여야 할까.

늦깎이 산악인이 뒤늦게 내놓은 책『히말라야는 나이를 묻지 않는다』를 나는 흔한 산책의 하나로 보고 싶지 않다. 나는 일찍이 고교 교사를 지내며 학생들에게 "Forget your age!"(나이를 잊어라), "Opportunity is fleeting"(기회는 흐른다)이라고 교과서를 떠나 이야기하곤 했다. 인생이란 언제나 어떻게 사는지가 중요하다. 날로 치열해지는 경쟁사회에서 살아가는 데는 사회적 통념과 구속에서 벗어나 자기 한계에 도전하는 길밖에 없다는 것이 등산에서 배운 나의 '존재이유'다.『히말라야는 나이를 묻지 않는다』는 그것을 보여 주고 있다.